給青少年的16堂

大師寫作課

蟲洞書簡

避免拗口、注意分段、適當比喻、邏輯通順……
根除寫作的弊病，方能創作一篇好文章！

MASTER
WRITING CLASS

樂律大語文 著

- 熟悉各種常見文體，掌握精湛的寫作技巧
- 引用大師經典範文，提升寫作深度和張力
- 培養正確寫作心態，實現個人成長與創新

激發對生活的熱愛與追求，在行文中持續砥礪自我

目 錄

- 編前語
- 序：寫作些什麼
- 第一部分　文體寫作
  - 第一章　敘事……………………………………………… 014
  - 第二章　寫人……………………………………………… 025
  - 第三章　寫景……………………………………………… 033
  - 第四章　狀物……………………………………………… 041
  - 第五章　議論……………………………………………… 051
  - 第六章　說明……………………………………………… 072
  - 第七章　散文……………………………………………… 083
  - 第八章　日記……………………………………………… 096
  - 第九章　書信……………………………………………… 109
  - 第十章　遊記……………………………………………… 115
  - 第十一章　詩歌…………………………………………… 125
  - 第十二章　創意想像……………………………………… 141

目錄

第二部分　通用技巧

第十三章　樹立寫作觀 …………………………… 158

第十四章　正確運用技巧 …………………………… 168

第十五章　找準得分點 …………………………… 176

第十六章　掌握精進訣竅 …………………………… 207

編前語

　　寫作一直都是考生必備的重要技能之一。作文作為國文考試的一部分，占據了相當大的分值，也是考生展示國文能力最直接和最有效的方式。因此，如何提高作文水準，就成為學生和家長們十分重視的問題。

　　本書精心挑選和收錄了現當代文學大師們的經典文章，涵蓋了記敘文、議論文、說明文、散文、小說、詩歌等不同文體，並從中提煉了大師們親自總結的寫作經驗與技巧，包括創作靈感的獲取、文字結構的布局、人物形象的塑造、寫出好的開頭和結尾以及正確運用語言等。透過閱讀這些文章，學生們不僅能夠掌握大師們寫作的方法，學習大師們寫作的訣竅，也能夠在閱讀中提升寫作能力，還可以觀摩大師們是如何用精湛的技巧創作出一篇篇生動有趣、思想深邃的名作的。

　　書中文章大多寫於白話文使用初期，很多字詞、標點的使用與現代漢語規範不符。為了尊重作家原著，本書對一些不算錯誤的拗口句式、狀聲詞或類似字詞等進行了保留。為了最大程度地方便學生學習和理解，對所選取的部分文章進

編前語

　　行了刪減，去掉了對現在學生參考意義不大的內容，如對「歐式語」的批判等。

　　這一時期的文學界群星璀璨，有大量的優質作品值得細細品味、深入學習。然而因為很多版本編排的陳舊，使學生們對這些作品望而卻步。編者將這一篇篇嘔心瀝血、蘊含寶藏的文章重新整理編排，讓學生們在閱讀的過程中，不因形式上的阻礙而錯過珍貴的作品，錯失學習的好機會。

　　本書對一些重點句子用顏色突出。一是幫助學生們理解關鍵內容，降低閱讀難度；二是方便學生們閱讀之後快速回憶，提高學習效率。

　　最後，如果這本傾注誠意和心血的小書，能在浩渺書海中與您不期而遇，讓您的寫作水準有所精進，文學素養有所提升，那將是編者莫大的慰藉。

序：寫作些什麼

夏丏尊

先來介紹一個笑話。

從前有一個秀才，有一天伏在案頭做文章，因為做不出，皺起了眉頭，唉聲嘆氣，樣子很痛苦。他的妻子在旁嘲笑說：「看你做文章的樣子，比我們女人生產還苦呢！」秀才答道：「這當然！妳們女人的生產是肚子裡先有東西的，還不算苦。我的做文章，是要從空的肚子裡叫它生產出來，那才真是苦啊！」

真的，文章原是發表自己的思想感情的東西，要有思想感情，才能寫得出來，那秀才肚子裡根本空空的沒有貨色[01]，卻要硬做文章，當然比女人生產要苦了。

照理，無論是誰，只要不是白痴，肚子裡必有思想感情，絕不會是全然空虛的。從前正式的文章是八股文，八股文須代聖人立言，《論語》中的題目，須用孔子的口氣來說，《孟子》中的題目，須用孟子的口氣來說，那秀才因為對於孔子孟子的化裝，未曾熟習，肚子裡雖也許裝滿著目前的「想

---

[01] 貨色：指人的思想、言論、作品等（多含貶義）。

序：寫作些什麼

中舉人」咧，「點翰林」咧，「要給妻買香粉」咧，以及關於柴米油鹽等瑣屑的思想感情，但都不是孔子孟子所該說的，一律不能入文，思想感情雖有而等於無，故有做不出文章的苦痛。我們生當現在，已不必再受此種束縛，肚子裡有什麼思想感情，儘可自由發揮，寫成文字。並且文字的形式，也不必如從前地要有定律，日記好算文章，隨筆也好算文章。作詩不必限字數，講對仗，也不必一定用韻，長短自由，題目隨意。一切和從前相較，算是自由已極的了。

那麼，凡是思想感情，一經表出，就可以成為文章了嗎？這卻也沒有這樣簡單。當我們有疾病的時候，「我恐這病不輕」是一種思想的發露，但寫了出來，不好就算是文章。「苦啊！」是一種感情的表示，但寫了出來也不好算是文章。文章的內容是思想感情，所謂思想感情，不是單獨的，是由若干思想或感情複合而成的東西。「交朋友要小心」不是文章，以此為中心，把「所以要小心」、「怎樣小心法」、「古來某人曾怎樣交友」等思想組織地系統地寫出，使它成了某種有規模的東西，才是文章。「今天真快活」不是文章，把「所以快活的事由」、「那事件的狀況」等等記出，寫成一封給朋友看的書信或一首自己看的日記，才是文章。

文章普通[02]有兩種體式，一是實用的，一是趣味的。實

---

[02]　普通：普遍。

用的文章，為處置日常的實際生活而說，通常只把意思（思想感情）老實簡單地記出，就可以了。諸君於年假將到時，用明信片通知家裡，說學校幾時放假，屆時叫人來挑鋪蓋行李咧，在拍紙簿上寫一張向朋友借書的條子咧，以及匯錢若干叫書店寄書冊的信咧，擬校友會或寄宿舍小團體的規約咧，都是實用文。至於趣味的文章，是並無生活上的必要的，至少可以說是與個人眼前的生活關係不大，如果懶惰些，不做也沒有什麼不可。諸君平日在國文課堂上所受到的或自己想做的文章題目，如「同樂會記事」咧，「一個感想」咧，「文學與人生」咧，「悼某君之死」咧，「個人與社會」咧，小說咧，喜劇咧，新詩咧，都屬於這一類。這類文章，和個人實際生活關係很遠，世間盡有不做這類文章，每日只寫幾張似通非通得便條子，或務實信，安閒地生活著的人們。這類文章，用了淺薄的眼光從實際生活上看來，關係原甚少，但一般地所謂正式的文章，大都屬在這一類裡。我們現今所想學習的（雖然也包括實用文），也是這一類。這是什麼緣故呢？原來人有愛美心和發表欲，迫於實用的時候，固然不得已地要利用文字來寫出表意，即明知其對於實用無關，也想把其五官所接觸的、心所感觸的寫出來示人，不能自已。這種欲望，是一切藝術的根源，應該加以重視。學校中的作文課，就是為使青年滿足這欲望，發達這欲望而設的。

序：寫作些什麼

　　話又說遠去了，那麼究竟寫作些什麼呢？實用的文章，內容是有一定的，借書只是借書，約會只是約會，只要把意思直截簡單地寫出，無文法上的錯誤，不寫別字，合乎一定的格式就夠了，似乎無須多說。以下試就一般的文章來談「寫作些什麼？」。

　　秀才從空肚子裡產出文章，難於女人產小孩。諸君生在現代，不必拋了現在自己的思想感情，去代聖人立言，肚子絕無空虛的道理。「花的開落」、「月的圓缺」、「父母的愛」、「家庭的悲歡」、「朋友的交際」，都在諸君經驗範圍之內，「國內的紛爭」、「生活的方向」「社會的趨勢」、「物價的高下」、「風俗的變更」又為諸君觀想所繫。材料既無所不有。教師在作文課中，更常替諸君規定題目，叫諸君就題發揮，限定寫一件什麼事或談一件什麼理。這樣說來，「寫作些什麼？」在現在的學生似乎是不成問題了的。可是事實卻不然。所謂寫作，在某種意味上說，真等於母親生產小孩。我們肚裡雖有許多的思想感情，如果那思想感情未曾成熟，猶之胎兒發育未全，即使勉強生了下來，也是不完全的無生命的東西。文章的題目，不論由於教師命題，或由於自己的感觸，總之只不過是基本的胚種，我們要把這胚種多方培育，使之發達，或從經驗中收得肥料，或從書冊上吸取陽光，或從朋友談話中供給水分，行住坐臥，都關心於胚種的完成。如果是記事

文,應把那要記的事物,從各方面詳加觀察。如果是敘事文,應把那要敘的事件的經過,逐一考查。如果是議論文,應尋出確切的理由,再從各方面引了例證,加以證明,使所立的斷案堅牢不倒。歸結一句話,對於題目,客觀的須有確實豐富的知識(記敘文),主觀的須有自己的見解與感觸(議論文、感想文)。把這些知識或見解與感觸打成一片,結為一團,這就是「寫作些什麼」問題中的「什麼」了。

有了某種意見或欲望,覺得非寫出來給人看不可,於是寫成一篇文章,再對這文章附加一個題目上去。這是正當的順序。至於命題作文,是先有題目後找文章,照自然的順序說來,原不甚妥當。但為防止抄襲計,為叫人練習某一定體式的文字計,命題卻是一種好方法。近來學校教育上大多數也仍把這方法沿用著,凡正式課程的作文,大概由教師命題,叫學生寫作。這種方式對於諸君也許有多少不自由的地方,但善用之,也有許多利益可得:

- 因了教師的命題,可學得捕捉文章題材的方法;
- 可學得敏捷蒐集關係材料的本領;
- 可全面地養成各種問題的寫作能力。

寫作是一種鬱積的發洩,猶之爆竹的遇火爆發。教師所命的題目,只是一條藥線,如果諸君是平日儲備著火藥的,

序：寫作些什麼

遇到火就會爆發起來，感到一種鬱積發洩的愉快，若自己平日不隨處留意，臨時又懶去蒐集，火藥一無所有，那麼，遇到題目，只能就題目隨便勉強敷衍幾句，猶之不會爆發的空爆竹，雖用火點著了藥線，只是「剌」的一聲，把藥線燒畢就完了。「寫作些什麼」的「什麼」，無論自由寫作，或命題寫作，只靠臨時蒐集，是不夠的。最好是預先多方注意，從讀過的書裡，從見到的世相裡，從自己的體驗裡，從朋友的談話裡，廣事吸收。或把它零零碎碎地記入筆記冊中，以免遺忘，或把它分了類，各各裝入頭腦裡，以便觸類旁通。

第一部分　文體寫作

第一部分　文體寫作

第一章　敘事

獨有這一件小事，卻總是浮在我眼前，有時反更分明，教我慚愧，催我自新，並且增長我的勇氣和希望。

經典範文

一件小事

魯迅

我從鄉下跑進城裡，一轉眼已經六年了。其間耳聞目睹的所謂國家大事，算起來也很不少；但在我心裡，都不留什麼痕跡，倘要我尋出這些事的影響來說，便只是增長了我的壞脾氣——老實說，便是教我一天比一天的看不起人。

但有一件小事，卻於我有意義，將我從壞脾氣裡拖開，使我至今忘記不得。

這是民國六年的冬天，北風颳得正猛，我因為生計關係，不得不一早在路上走。一路幾乎遇不見人，好不容易才僱定了一輛人力車，叫他拉到Ｓ門去。不一會，北風小了，路上浮塵早已刮淨，剩下一條潔白的大道來，車夫也跑得更快。剛近Ｓ門，忽而車把上帶著一個人，慢慢地倒了。

第一章　敘事

　　跌倒的是一個老女人，花白頭髮，衣服都很破爛。伊[03]從馬路邊上突然向車前橫截過來；車夫已經讓開道，但伊的破棉背心沒有上扣，微風吹著，向外展開，所以終於兜著車把。幸而車夫早有點停步，否則伊定要栽一個大觔斗，跌到頭破血出了。

　　伊伏在地上；車夫便也立住腳。我料定這老女人並沒有傷，又沒有別人看見，便很怪他多事，要是自己惹出是非，也誤了我的路。

　　我便對他說：「沒有什麼的。走你的罷！」

　　車夫毫不理會——或者並沒有聽到——卻放下車子，扶那老女人慢慢起來，攙著臂膊立定，問伊說：

　　「你怎麼啦？」

　　「我摔壞了。」

　　我想，我眼見你慢慢倒地，怎麼會摔壞呢，裝腔作勢罷了，這真可憎惡。車夫多事，也正是自討苦吃，現在你自己想法兒去。

　　車夫聽了這老女人的話，卻毫不躊躇，攙著伊的臂膊，便一步一步地向前走。我有些詫異，忙看前面，是一所巡警分駐所，大風之後，外面也不見人。這車夫扶著那老女人，便正是向那大門走去。

　　我這時突然感到一種異樣的感覺，覺得他滿身灰塵的後

---

[03] 伊：此處代表第三人稱，相當於「他」或「她」。五四運動前後有文學作品中用「伊」專指女性。

影，霎時高大了，而且愈走愈大，須仰視才見。而且他對於我，漸漸地又幾乎變成一種威壓，甚而至於要榨出皮袍下面藏著的「小」來。

我的活力這時大約有些凝滯了，坐著沒有動，也沒有想，直到看見分駐所裡走出一個巡警，才下了車。

巡警走近我說：「你自己僱車罷，他不能拉你了。」

我沒有思索地從外套袋裡抓出一大把銅元，交給巡警，說：「請你給他……」

風全住了，路上還很靜。我一路走著，幾乎怕想到我自己。以前的事姑且擱起，這一大把銅元又是什麼意思，獎他嗎？我還能裁判車夫嗎？我不能回答自己。

這事到了現在，還是時時記起。我因此也時時煞了苦痛，努力地要想到我自己。幾年來的文治武力，在我早如幼小時候所讀過的「子曰詩云」一般，背不上半句了。獨有這一件小事，卻總是浮在我眼前，有時反更分明，教我慚愧，催我自新，並增長我的勇氣和希望。

一九二〇年七月

魯迅

原名周樟壽，後改名周樹人，原字豫山，後改字豫才。著名文學家、思想家、革命家、民主戰士，中國現代文學的奠基人之一，新文化運動的重要參與者。主要作品有小說集《吶喊》、《徬徨》、《故事新編》，散文集《朝花夕拾》，散文詩合集《野草》等等。

名作賞析

〈一件小事〉是魯迅於 1919 年創作的作品，收錄於小說集《吶喊》中，文末的「一九二〇年七月」可能是收入集子時作者的誤記。本文篇幅短小精悍，內容影響深遠，是中國現代文學史上最早把人力車工人作為主角加以歌頌的作品，具有重要地位。

本文運用以小見大的寫作手法，描寫車夫無意中撞倒了一位老婦人，當時雖沒人看到，車夫卻沒有逃避責任，他不顧雇主的催促，放棄生意去攙扶起老婦人，並把她送到巡警分駐所去做檢查，這展現了普通勞動者淳厚正直、純樸善良、勇於擔當的高尚品質。

本文還運用了對比手法，將車夫和作為雇主的「我」對同

第一部分　文體寫作

一事件的不同態度進行對照,並且以「我」的前後思想變化做對比,顯露出「我」的自私、渺小,映襯出車夫的勤勞善良、關心他人的高大形象,表達了作者對於底層勞動人民的讚美敬佩之情。

大師課堂

什麼是敘事文 —— 章衣萍

敘事文是記述人或物的動作和變遷的。但作者或根據（原文跟諸）直接觀察的經驗,或根據傳聞的想像。材料的來源不同,則作者的地位各異。敘事文的寫法,依作者的地位,可分為三種。

◆ 主動的寫法

主動的寫法,是以作者自己為主體來描寫的。一切自傳的文字可以說多數是主動的寫法。例如《弗蘭克[04]自傳》,盧梭的《懺悔錄》等書以自己為主體來敘述,都可以說是主動的寫法。主動的寫法可以稱為個人的寫法。以自己為主體的文章,根據自己的經驗,比較容易做,而且容易做得好。

---

[04] 維克多‧弗蘭克（Viktor Emil Frankl）,亦譯為法蘭可,奧地利神經學家、精神病學家,維也納第三代心理治療學派－意義治療與存在主義分析的創辦人。出生於維也納一個貧窮的猶太家庭,猶太人大屠殺倖存者。

◆ 被動的寫法

被動的寫法，是以傳聞或想像的人物為主體的，作者處於被動的地位。這個寫法比較難。被動的寫法，貴於「設身處地」。在歷史、筆記的傳說中，這類寫法很多。但寫得好的，也可以活靈活現，歷歷如繪，這就是作者的技巧問題。

◆ 客觀的描寫法

客觀的描寫法即「非個人的描寫法」。純客觀的描寫法，不獨在敘述文方面用得很多，古來的敘事詩、民歌也很多是用客觀的方法描寫的。例如古詩〈孔雀東南飛〉，杜甫的〈石壕吏〉，白居易的〈長恨歌〉等皆是。歐洲古代荷馬的偉大史詩《奧德賽》與《伊利亞特》[05]，也是客觀的描寫。《水滸傳》的作者施耐庵雖不知道是什麼人，但他寫一百零八個好漢，以及書中許多閒雜人物，也純用客觀的描寫。客觀的描寫法不加入作者的一句意見和議論。

怎樣寫透一件事 —— 老舍

關於這一項，分三段來說吧。

◆ 寫自己真知道的事，不寫自己不知道的事

一個學生不寫學生的生活，而在報紙上找些婚姻法宣

---

[05] 即《伊里亞德》。

第一部分　文體寫作

傳資料去寫，一定寫不出什麼名堂來。寫東西非有生活不可。不管文字多麼好，技巧多麼高，也寫不出自己不知道的事情。

這樣，寫作範圍不就太小了嗎？只要寫得深刻，範圍小點沒有什麼關係。偉大的作家的確能夠寫出許多不同的人物，好多不同的事情，可是我們現在的目的是先寫好一件事，還不能希望馬上成為偉大的作家。不怕寫得少，就怕寫不好。寫出十幾句話的一首好歌，風行全國，到處起到很大的鼓舞作用，功勞也不小啊！

◆ 抱定一個題目寫，不要一會兒一換

初學寫作的人往往有這個困難：很高興地看中了一件事，打算用它寫成一篇小說或戲劇。可是，一動筆，才寫了幾句就寫不下去了！這是怎麼一回事呢？這有許多不同的原因，其中最常遇見的一個是我們只看見了事情的表面，而沒看見它的根兒，所以寫了幾句就擱下筆，怪掃興的。我們不應當這麼容易動搖，而應當深入地去挖那件事的根兒，養成我們對事事物物要刨根問底的習慣。等到我們挖到事情的根兒上，你會發現熱鬧的事也許原來很簡單，簡單的事兒也許並不那麼簡單。事情的根兒就是問題所在。

找到問題，我們的心裡可就透亮多了。原來這件熱鬧的事並沒有什麼了不起，問題很簡單哪；原來那件簡單的事倒

不應當輕視，問題不小呵。這樣，我們就不再被表面的現象迷惑住，也就容易判斷出哪個值得寫和哪個不值得寫，不再冒冒失失地不管三七二十一拿筆就寫，也就減少了因寫不出而掃興灰心的毛病。

還有，看到了問題就得解決問題。這麼一來呀，我們的文章可就有頭有尾，是個整的了。我們看問題，挖問題，而後解決問題，我們就能寫出相當好的作品來。不抱住一個問題挖到底，而隨便今天試試這個，明天試試那個，必至一無所成。

◆ 能抓住問題就不至於千篇一律了

一個問題怎麼來的和怎麼解決的，必與別的問題的來龍去脈不同。同一樣的問題又因為人物的性格不同，時間不同，而有特點。我們要細心地看，看問題、看人物、看地點、看時間，把有關的事物都看了，自然會寫出一篇與眾不同的東西來。

怎樣布局文章結構 —— 章衣萍

結構的意義，就是組織，或是編織。正如織花緞的人，應該先有了花樣，然後這樣一線一線去織。有了中心思想的人，應該想如何用文字把這個中心思想寫了出來，由句而成段，由段而成篇，段段相連，句句相連，這一篇文章中的段

第一部分　文體寫作

與段、句與句的連線，就是結構。

　　善於作文的人，應該知道一篇文章有一篇文章的結構方法。有的直接說起，有的間接說起，有的從正面說起，有的從反面說起。一篇文章有一篇文章的中心思想，一篇文章有一篇文章的結構去表現這個中心思想。古人所謂「文成法立，文無定法」，本來也是有所感而言的。

　　但是，結構雖無一定的通例，卻有一定的通則。什麼是結構的通則呢？簡單說起來，有以下數事：

◆ 統一

　　統一的意義就是一致。在結構中一致是很重要的。一個人的行為前後不一致，便是一個虛偽的人；一篇文章的詞語意義前後不一致，便是一篇壞文章。一篇好的文章正同一個強健人的身體一般，五官四肢，全身血脈，莫不統一，成為一個完全的有機體。做敘事文的人若不講求記載上的統一，則如一個學生做一篇《西湖遊記》，忽而扯到上海的熱鬧、繁華，南京的豆腐干絲如何好吃，自己忘記了是在西湖，讀的人也將莫名其妙了。但有了結構上的統一，則百變而不離其宗，如百川匯海，源源皆通。正如蘇洵恭維歐陽脩的文章，說他：「紆餘委備，往復百折，而條達疏暢，無所間斷；氣盡語極，急言竭論，而容與閒易，無艱難勞苦之態。」這就是

統一的好處！古往今來的大作家作品，沒有一個不講求結構的統一的。

◆ 平均

　　平均的意義就是各部分勻稱。一個人若是頭大身小，手長腿短，便成為畸人；一篇文章若是頭大尾小，前後不勻，便成為劣文。正如韓愈的〈送孟東野序〉、蘇東坡的〈潮州韓文公廟碑〉雖為絕世妙文，後人尚譏為「虎頭蛇尾」，因為文章的起始與結尾不相稱。中國的有名小說，也有犯了不平均的毛病的。如《水滸傳》寫武松、魯智深何等動人，但後來寫盧俊義、燕青便成笨伯了。不相稱的毛病是作者的精神不能前後貫注所致。所以在結構上，平均是重要的通則。

◆ 聯結

　　一篇文章是積段而成的，段是積句而成的。段段相連，句句相接，才是好文章。我們徽州有句罵人的話，說：「你這人上氣不接下氣了！」「上氣不接下氣」的人是有病的人，快要死了；「上氣不接下氣」的文章是一篇有病的文章，該打手心的。但聯結有種種不同：有總合的，有分開的，有錯綜的，有解剖的。千變萬化，方法不同。如作長篇小說宜於用錯綜的法子，短篇小說宜於用解剖的法子。又初學者作文宜段落分明，平鋪直敘，易於聯結。

第一部分　文體寫作

　　無論任何好的文章，沒有能逃出上面三種簡單的結構通則的。雖然作文人的性情不同，思想不同，用字造句的習慣不同，結構方面，自然也有特別的布置的地方。善作文的人自然能隨機應變，但初學作文的人應該從結構簡單入手，文章做得熟了，自然會走入藝術的道路上去的 —— 但違反上面三條通則的人，絕不會做出好文章來的！

第二章　寫人

那幾角工錢,老頭子並沒有放入衣袋,仍呈在他的手上,他藉著離得很遠的門燈在考察錢數。

經典範文

小偷、車夫和老頭

蕭紅

那幾角工錢,老頭子並沒有放入衣袋,仍呈在他的手上,他藉著離得很遠的門燈在考察錢數。

木柈[06]車在石路上發著隆隆的重響。出了木柈場,這滿車的木柈使老馬拉得吃力了!但不能滿足我,大木柈堆對於這一車木柈,真像在牛背上拔了一根毛,我好像嫌這柈子太少。

「丟了兩塊木柈哩!小偷來搶的,沒看見?要好好看著,小偷常偷柈子……十塊八塊木柈也能丟。」

我被車夫提醒了!覺得一塊木柈也不該丟,木柈對我才恢復了它的重要性。小偷眼睛發著光又來搶時,車夫在招呼我們:

---

[06]　木柈(ㄅㄢˋ):指劈開的木柴。

第一部分　文體寫作

「來了啊！又來啦！」

郎華招呼一聲，那豎著頭髮的人跑了！

「這些東西頂沒有臉，拉兩塊就得了吧！貪多不厭，把這一車都送給你好不好？……」打著鞭子的車夫，反覆地在說那個小偷的壞話，說他貪多不厭。

在院心把木柈一塊塊推下車來，那還沒有推完，車夫就不再動手了！把車錢給了他，他才說：「先生，這兩塊給我吧！拉家去好烘火，孩子小，屋子又冷。」

「好吧！你拉走吧！」我看一看那是五塊頂大的他留在車上。

這時候他又彎下腰，去弄一些碎的，把一些木皮揚上車去，而後拉起馬來走了。但他對他自己並沒說貪多不厭，別的壞話也沒說，跑出大門道去了。

只要有木柈車進院，鐵門欄外就有人向院裡看著問：「柈子拉（鋸）不拉？」

那些人帶著鋸，有兩個老頭也扒著門扇。

這些柈子就講妥歸兩個老頭來鋸，老頭有了工作在眼前，才對那個夥伴說：「吃點嗎？」

我去買麵包給他們吃。

柈子拉完又要送到柈子房去。整個下午我不能安定下來，好像我從未見過木柈，木柈給我這樣的大歡喜，使我坐也坐不定，一會跑出去看看。最後老頭子把院子掃得乾乾淨

淨的了！這時候，我給他工錢。

　　我先用碎木皮來烘著火。夜晚在三月裡也是冷一點，玻璃窗上掛著蒸氣。沒有點燈，爐火顆顆星星地發著爆炸，爐門開啟著，火光照紅我的臉，我感到例外的安寧。

　　我又到窗外去拾木皮，我吃驚了！老頭子的斧子和鋸都背好在肩上，另一個背著架柈子的木架，可是他們還沒有走。這許多的時候，為什麼不走呢？

　　「太太，多給了錢啦？」

　　「怎麼多給的！不多，七角五分不是嗎？」

　　「太太，吃麵包錢沒有扣去！」那幾角工錢，老頭子並沒放入衣袋，仍呈在他的手上，他藉著離得很遠的門燈在考察錢數。

　　我說：「吃麵包不要錢，拿著走吧！」

　　「謝謝，太太。」感恩似的，他們轉過身走去了，覺得吃麵包是我的恩情。

　　我愧得立刻心上燒起來，望著那兩個背影停了好久，羞恨得眼淚就要流出來。已經是祖父的年紀了，吃塊麵包還要感恩嗎？

第一部分　文體寫作

蕭紅

原名張廼瑩,筆名蕭紅、悄吟、玲玲、田娣等。中國近現代女作家,民國「四大才女」之一,被譽為「二十世紀三十年代的文學洛神」。主要作品有《生死場》、《棄兒》、《馬伯樂》、《呼蘭河傳》等。

名作賞析

這篇文章創作於 1935 年,收錄於散文集《商市街》中。

本文描寫了一個鮮明、豐富的舊時代車夫形象。車夫是世故、精明的,又是狡猾、貪婪的,這在他提到小偷的時候和討要木桿的時候就能看出。而最後車夫以為「我」多給了錢,卻不敢貿然來問,又呈現出了人物的誠實、本分。

文中的「我」雖然處境艱難,卻竭力幫助其他窮苦人,在受到老車夫的感恩時,反而羞愧自責,表現出人物的悲憫情懷。本文短小精悍,雖不足千言,內容卻深刻雋永。作者以自己親身經歷的事件入手,賦予作品強烈的生命力,表達了作者對生命的深切關懷。

大師課堂

人物怎麼寫 —— 老舍

我們寫作時，首先要想到人物，然後再安排故事，想想讓主角代表什麼，反映什麼，用誰來陪襯，以便突出這個人物。一定要根據人物的需求來安排事件，事隨人走；不要叫事件控制著人物。譬如，關於洋車夫的生活，我很熟悉，因為我小時候很窮，接觸過不少車夫，知道不少車夫的故事，但那時我並沒有寫《駱駝祥子》的意圖。有一天，一個朋友和我聊天，說有一個車夫買了三次車，丟了三次車，以至悲慘地死去。這給我不少啟發，使我聯想起我所見到的車夫，於是，我決定寫舊社會裡一個車夫的命運和遭遇，把事情打亂，根據人物發展的需要來寫，寫成了《駱駝祥子》。

寫作時一定要多想人物，常想人物。選定一個特點去描寫人物，如說話結巴，這是膚淺的表現方法，主要的是應賦予人物性格特徵。先想他會幹出什麼來，怎麼個幹法，有什麼樣的膽識，而後用突出的事件來表現人物，展示人物性格。《三國演義》中，諸葛亮死了還嚇了司馬懿一大跳，這當然是作者有意安排上去的，目的就是為了豐富諸葛亮這個人物。《林海雪原》裡的白茹沒寫得十分好，這恐怕是曲波同志對女同志還了解得不多的緣故。因此不必要的、不熟悉

的就不寫，不足以表現人物性格的不寫。貪圖表現自己知識豐富，力求故事多，那就容易壞事。

　　刻劃人物要注意從多方面來寫人物性格。如寫地主，不要光寫他凶殘的一面，把他寫得像個野獸，也要寫他偽善的一面，寫他的生活、嗜好、習慣、對不同的人不同的態度⋯⋯多方面寫人物的性格，不要小胡同裡趕豬 —— 直來直去。

　　當你寫到戲劇性強的地方，最好不要寫他的心理活動，而叫他用行動說話，來表現他的精神面貌。如果在這時候加上心理描寫，故事的緊張就馬上遲緩下來。《水滸傳》上的魯智深、石秀、李逵、武松等人物的形象，往往用行動說話來表現他們的性格和精神面貌，這個寫法是很高明的。

人物描寫的兩種類型 —— 老舍

　　人物描寫可以分外面、內面兩部分來說。外面指見於外的一切而言，內面指不可見的心理狀態而言。

　　外面描寫包含著狀貌、服裝、表情、動作、言語、行為、事業等等的描寫。我們在寫一篇描寫人物的文章的時候，對於這許多項目絕不能漫無選擇，把所有見到的都寫進去。我們總得揀印象最深的來寫。狀貌方面的某幾點是其人的特點；服裝方面的某幾點足以表示其人的風度；在某一種情境中，哪一些表情和動作、哪幾句言語正顯出其人的品格；

在一段或者全部生活中，哪一些行為和事業足以代表其人的生平。抓住了這些寫出來，就不是和甲和乙都差不多的一個人，而是活潑生動的某一個人了。

內面描寫就是所謂心理描寫。心理和表現於外的一切實在是分不開來的：表現於外的一切都根源於內面的心理。他人內面的心理無從知道，我們只能知道自己內面的心理。但我們可以從自身省察，知道內面和外面的關係。根據這一點，我們看了他人的外面，也就可以推知他的內面。人物的心理描寫既以作者的自身省察為依據，所以省察功夫欠缺的人難得有很好的心理描寫。

心理描寫有時候就借用外面描寫。換一句話，就是單就文字看，固然是外面描寫，但仔細吟味起來，那些外面描寫即所以描寫其人的心理。如〈背影〉裡的「撲撲衣上的泥土，心裡很輕鬆似的。過一會兒說：『我走了，到那邊來信！』……他走了幾步，回過頭看見我，說：『進去吧，裡邊沒人。』」就是一個例子。這幾句都是外面描寫，可是把一位父親捨不得和兒子分別的心理完全描寫出來了。

如何在有限的字數中塑造好人物 —— 老舍

在一篇短篇小說裡或一篇短劇裡，沒法子裝下一個很複雜的故事。人物只能做有限的事，說有限的話。為什麼做那

第一部分　文體寫作

點事、說那點話呢？怎樣做那點事、說那點話呢？這可就涉及人物的全部生活了。只有我們熟悉人物的全部生活，我們才能夠形象地、生動地、恰如其分地寫出人物在這個小故事裡做了什麼和怎麼做的，說了什麼和怎麼說的。透過這一件事，我們表現出一個或幾個形象完整的人物來。只有這樣的人物才會做出這樣的一點事，說出這樣的一點話。我們必須去深刻地了解人。知道他的十件事，而只寫一件事，容易成功。只知道一件，就寫一件，很難寫出人物來。

在我的幾篇較好的短篇小說裡，我都用的是預備寫長篇的資料。因為沒有時間寫長篇，我往往從預備好足夠寫一二十萬字的小說裡抽出某一件事，寫成只有幾千字的短篇。這樣的短篇，雖然故事簡單，人物不多；可是，對人物的一切，我已想過多少次。於是，人物的一舉一動，一言一語，都能夠表現他們的不同的性格與生活經驗。我認識他們。我本來是想用一二十萬字從生活各方面描寫他們的。

篇幅雖短，人物可不能折扣！在長篇小說裡，我們可以從容地、有頭有尾地敘述一個人物的全部生活。在短篇裡，我們是藉著一個簡單的故事，生活中的一個片段，表現出人物。我們若是知道一個人物的生活全部，就必能寫好他的生活的一個片段，使人看了相信：只有這樣一個人，才會做出這樣的一些事。雖然寫的是一件事，可是能夠反映出人物的全貌。

第三章　寫景

一方的異彩，揭去了滿天的睡意，喚醒了四隅的明霞——光明的神駒，在熱奮地馳騁……

經典範文

泰山日出

徐志摩

振鐸來信要我在《小說月報》的「泰戈爾號」上說幾句話。我也曾答應了，但這一時遊濟南遊泰山遊孔陵，太樂了，一時竟拉不攏心思來做整篇的文字，一直捱到現在期限快到，只得勉強坐下來，把我想得到的話不整齊地寫出。

—— 小序

我們在泰山頂上看出太陽。在航過海的人，看太陽從地平線下爬上來，本不是奇事；而且我個人是曾飽飫過江海與印度洋無比的日彩的。但在高山頂上看日出，尤其在泰山頂上，我們無饜[07]的好奇心，當然盼望一種特異的境界，與平

---

[07]　無饜：同「無厭」。意思是不能滿足。

原或海上不同的。果然,我們初起時,天還暗沉沉的,西方是一片的鐵青,東方些微有些白意,宇宙只是 —— 如用舊詞形容 —— 一體莽莽蒼蒼[08]的。但這是我一面感覺勁烈的曉寒,一面睡眼不曾十分醒豁時約略的印象。等到留心回覽時,我不由得大聲地狂叫 —— 因為眼前只是一個見所未見的境界。原來昨夜整夜暴風的工程,卻砌成一座普遍的雲海。除了日觀峰與我們所在的玉皇頂以外,東西南北只是平鋪著瀰漫的雲氣,在朝旭未露前,宛似無量數厚毳[09]長絨的綿羊,交頸接背地眠著,卷耳與彎角都依稀辨認得出。那時候在這茫茫的雲海中,我獨自站在霧靄溟濛[10]的小島上,發生了奇異的幻想 ——

我軀體無限地長大,腳下的山巒比例我的身量,只是一塊拳石;這巨人披著散髮,長髮在風裡像一面墨色的大旗,颯颯地在飄蕩。這巨人豎立在大地的頂尖上,仰面向著東方,平拓著一雙長臂,在盼望,在迎接,在催促,在默默地叫喚;在崇拜,在祈禱,在流淚 —— 在流久慕未見而將見悲喜互動的熱淚⋯⋯

這淚不是空流的,這默禱不是不生顯應的。

巨人的手,指向著東方 ——

東方有的,在展露的,是什麼?

---

[08] 莽莽蒼蒼:古代用語,形容頭髮灰白。後用來形容景色迷茫的樣子。
[09] 毳(ㄘㄨㄟˋ):鳥獸的細毛。
[10] 霧靄溟濛:霧氣模糊不清。

第三章　寫景

　　東方有的是瑰麗榮華的色彩，東方有的是偉大普照的光明出現了，到了，在這裡了⋯⋯

　　玫瑰汁、葡萄漿、紫荊液、瑪瑙精、霜楓葉 —— 大量的染工，在層累的雲底工作；無數蜿蜒的魚龍，爬進了蒼白色的雲堆。

　　一方的異彩，揭去了滿天的睡意，喚醒了四隅[11]的明霞 ——

　　光明的神駒，在熱奮地馳騁⋯⋯

　　雲海也活了；眠熟了獸形的濤瀾，又回覆了偉大的呼嘯，昂頭搖尾地向著我們朝露染青饅形的小島沖洗，激起了四岸的水沫浪花，震盪著這生命的浮礁，似在報告光明與歡欣之臨蒞⋯⋯

　　再看東方 —— 海句力士已經掃蕩了他的阻礙，雀屏似的金霞，從無垠的肩上產生，展開在大地的邊沿。起⋯⋯起⋯⋯用力，用力。純焰的圓顱，一探再探地躍出了地平，翻登了雲背，臨照在天空⋯⋯

　　歌唱呀，讚美呀，這是東方之復活，這是光明的勝利⋯⋯

　　散發禱祝[12]的巨人，他的身彩橫亙在無邊的雲海上，已經漸漸地消翳在普遍的歡欣裡；現在他雄渾的頌美的歌聲，也已在霞採變幻中，普徹了四方八隅⋯⋯

---

[11]　四隅：四角。
[12]　禱祝：向神禱告祝願，求神賜福。

第一部分　文體寫作

聽呀，這普徹的歡聲；看呀，這普照的光明！

這是我此時回憶泰山日出時的幻想，亦是我想望泰戈爾來華的頌詞。

徐志摩

原名章垿，字槱森，留學美國時改名志摩。現代詩人、散文家。新月派代表詩人，新月詩社成員。主要作品有《再別康橋》、《翡冷翠的一夜》等。

名作賞析

本文是徐志摩以「泰山日出」隱喻泰戈爾的文學創作和來華訪問，表達了詩人對泰戈爾的敬仰和讚美。雖是匆促成章，也掩蓋不住作者的才思。徐志摩對泰山日出奇偉景觀的描寫，結合自己的情感，使讀者產生了很多聯想和想像。

作為一個唯美主義的詩人和作家，徐志摩一直刻意追求散文的獨特韻味。他善用多種修辭技巧來宣洩感情，營造意境，增強散文的藝術表現力。他的散文韻律諧和，比喻新奇，具有鮮明的藝術特點和浪漫氣息。

象徵與比喻是這篇散文中重要的表現手法。文章的藝術境界，透過象徵手法創造出來，藉以表現作者對理想的追

求,對光明的渴望。如描寫雲海,是「整夜暴風的工程」。瀰漫的雲氣,宛如「無量數厚氀長絨的綿羊,交頸接背地眠著,卷耳與彎角都依稀辨認得出」。雲層是「無數蜿蜒的魚龍,爬進了蒼白色的雲堆」。透過象徵的手法,將生氣和靈性灌注於雲層、雲氣,給人一種生命躍動的感覺。

本文中,作者還使用了排比、誇張的手法表達深刻的情感。例如「這巨人豎立在大地的頂尖上,仰面向著東方,平拓著一雙長臂,在盼望,在迎接,在催促,在默默地叫喚;在崇拜,在祈禱,在流淚——在流久慕未見而將見悲喜互動的熱淚……」,這段話既有排比的手法,又有誇張的手法,引發人無限的共鳴和思考。

大師課堂

寫景應注意什麼 —— 老舍

寫景不必一定用很生的字眼去雕飾,但須簡單地暗示出一種境地。貪用生字與修辭是想以文字討好,心中也許一無所有,而要專憑文字去騙人;許多寫景的「賦」恐怕就是這種冤人的玩意。真本事是用幾句淺顯的話,寫成一個景——不是以文字來敷衍,而是心中有物,且找到了最適當的文字。看莫泊桑的《歸來》:「海水用它那單調和輕短的浪花,

第一部分　文體寫作

拂著海岸。那些被大風推送的白雲，飛鳥般在蔚藍的天空斜刺裡跑也似的經過；那村子在向著大洋的山坡裡，負著日光。」一句話便把村子的位置說明白了，而且是多麼雄渾有力：那村子在向著大洋的山坡裡，負著日光。這是一整個的景，山，海，村，連太陽都在裡邊。我們最怕心中沒有一種境地，而硬要配上幾句，縱然用上許多漂亮的字眼，也無濟於事。

心中有了一種境地，而不會捉住要點，枝節地去敘述，也不能討好。這是寫實的作家常愛犯的毛病。因為力求細膩，所以逐一描寫，適足以招人厭煩──像巴爾札克的《鄉醫》的開首那種描寫。我們觀察要詳盡，不錯；但是觀察之後找不出一些意義來，便沒有什麼用處。一個地方的郵差比誰知道的街道與住戶也詳細吧，可是他未必明白那個地方。詳細地觀察，而後精確地寫述，只是一種報告而已。文藝中的描繪，須使讀者身入其境地去「覺到」。我們不能只拿讀者當作旁觀者，有時候也應請讀者分擔故事中人物的感覺；這樣，讀者才能深受感動，才能領會到人在景物中的動作與情感。

「比擬」是足以給予人鮮明印象的。普通的比擬，可是適足以惹人討厭，還不如簡單的直說。要用比擬，便須驚人；不然，就乾脆不用。空洞的修辭是最要不得的。在這裡，我

們應當提出「觀察」這個字,加以解釋。一般地總以為觀察便是要寫山就去觀山,要寫海便去看海。這自然是該有的事,可是這還不夠,我們須更進一步,時時刻刻地留心,對什麼也感到趣味;然後到寫作的時候,才能把不相干的東西聯想到一處,而創作出頂好的比喻。寫一件事需要一千件事打底子,因為一個人的鼻子可以像一頭蒜,林中的小果在葉兒一動光兒一閃之際可以像個猛獸的眼睛,作家得上自綢緞,下至蔥蒜,都預備好呀!

怎樣讓景物「說話」—— 老舍

它們不會說話,我們用自己的語言替它們說話。杜甫寫過這麼一句:「塞水不成河」。這確是塞外的水,不是江南的水。塞外的荒沙野水,往往流不成河。這是經過詩人仔細觀察,提出特點,成為詩句的。

塞水沒有自己的語言。「塞水不成河」這幾個字是詩人自己的語言。這幾個字都很普通,不過,經過詩人這麼一運用,便成為一景,非常鮮明。可見只要仔細觀察,抓到不說話的東西的特點特質,就可以替它們說話。沒有見過塞水的,寫不出這句詩來。我們對一草一木,一泉一石,都須下功夫觀察。找到了它們的特點特質,我們就可以用普通的話寫出詩來。光記住一些「柳暗花明」「桃紅柳綠」等泛泛的

話，是沒有多大用處的。泛泛的辭藻總是人云亦云，見不出創造本領來。用我們自己的話道出東西的特質，便語出驚人，富有詩意。這就是連東西帶話一齊來的意思。

　　杜甫還有這麼一句：「月是故鄉明」。這並不是月的特質。月不會特意照顧詩人的故鄉，分外明亮一些。這是詩人見景生情，因懷念故鄉，而把這個特點加給了月亮。我們並不因此而反對這句詩。我們反倒覺得它頗有些感染力。這是另一種連人帶話一齊來。「塞水不成河」是客觀的觀察，「月是故鄉明」是主觀的情感。詩人不直接說出相思之苦，而說故鄉的月色更明，更親切，更可愛。我們若不去揣摩詩人的感情，而專看字面兒，這句詩便有些不通了。

　　是的，我們學習語言，不要忘了觀察人，觀察事物。有時候，見景生情，還可以把自己的感情加到東西上去。我們了解了人，才能了解他的話，從而學會以性格化的話去表現人。我們了解了事物，找出特點與本質，便可以一針見血地狀物繪景，生動精到。人與話，物與話，須一齊學習，一齊創造。

第四章　狀物

　　船頭上站立著一排士兵似的鸕鷀，灰黑色的，喉下有一大囊鼓突出來。漁人不知怎樣地發了一個命令，這些水鳥們便都撲撲地鑽沒入水面以下去了。

經典範文

鸕鷀與魚

鄭振鐸

　　夕陽的柔紅光，照在周圍十餘里的一個湖澤上，沒有什麼風，湖面上綠油油的，像一面鏡似的平滑。一望無垠的稻田。垂柳松杉，到處點綴著安靜的景物。有幾隻漁舟，在湖上碇泊著。漁人安閒地坐在舵尾，悠然地在吸著板煙。船頭上站立著一排士兵似的鸕鷀，灰黑色的，喉下有一大囊鼓突出來。漁人不知怎樣地發了一個命令，這些水鳥們便都撲撲地鑽沒入水面以下去了。

　　湖面被沖蕩成一圈圈的粼粼小波。夕陽光隨著這些小波浪在跳躍。

　　鸕鷀們陸續地鑽出水來，上了船。漁人忙著把鸕鷀們喉

第一部分　文體寫作

囊裡吞裝著的魚，一隻隻地用手捏壓出來。

鵜鶘們睜著眼望著。

平野上炊煙四起，裊裊地升上晚天。

漁人撿著若干尾小魚，逐一地拋給鵜鶘們吃，一口便嚥了下去。

提起了槳，漁人劃著小舟歸去。湖面上刺著一條水痕。鵜鶘們士兵似的齊整地站立在船頭。

天色逐漸暗了下去。湖面上又平靜如恆。

這是一幅很靜美的畫面，富於詩意，詩人和畫家都要想捉住的題材。

但隱藏在這靜美畫面之下的，卻是一個殘酷可怖的爭鬥，生與死的爭鬥。

在湖水裡生活著的大魚小魚們看來，漁人和鵜鶘們都是敵人，都是蹂躪牠們，致牠們於死的敵人。

但在鵜鶘們看來，究竟有什麼感想呢？

鵜鶘們為漁人所餵養，發揮著他們捕捉魚兒的天性，為漁人幹著這種可怖的殺魚的事業。牠們自己所得的卻是那麼微小的酬報！

當牠們興高采烈地鑽沒入水面以下時，牠們只知道捕捉，吞食，越多越好。牠們曾經想到過：鑽出水面，上了船頭時，牠們所捕捉、所吞食的魚兒們依然要給漁人所逐一捏壓出來，自己絲毫不能享用的麼？

牠們要是想到過，只是作為漁人的捕魚的工具，而自己不能享用時，恐怕它們便不會那麼興高采烈地在捕捉、在吞食罷。

漁人卻悠然地坐在船艄，安閒地抽著板煙，等待著鸕鶿們為他捕捉魚兒。一切的擺布，結果，都是他事前所預計著的。難道是「命運」在播弄著的麼，漁人總是在「收著漁人之利」的；鸕鶿們天生地要為漁人而捕捉、吞食魚兒；魚兒們呢，彷彿只有被捕捉、被吞食的份兒，不管享用的是鸕鶿們或是漁人。

鄭振鐸

> 字西諦，筆名有郭源新、落雪、西諦等。中國現代傑出愛國主義者和社會活動家、作家、詩人、學者、文學評論家、文學史家、翻譯家、藝術史家，也是著名的收藏家、訓詁家。主要作品有《貓》、《我是少年》，譯著有《飛鳥集》、《新月集》等。

名作賞析

本文選自作者在抗戰勝利後完成的一本回憶性散文集《蜇居散記》，揭露了反動當局特務政治的黑暗。

文章開始用優美的語言描繪了一幅恬靜、安詳的漁舟晚歸圖。但作者有感於現實社會的黑暗殘酷，看到的是魚被吞

第一部分　文體寫作

食、鸕鶿被利用捕捉魚，漁民坐收漁利。

本文寓意深刻，表現了反動黑暗勢力效法餵養鸕鶿的方法豢養爪牙，「鸕鶿們」執迷不悟，在主子的指揮下做了許多壞事。本文的語言，時而平淡舒緩，時而慷慨激憤，給人留下了深刻的印象。全篇手法豐富多彩，堪稱佳作。

大師課堂

文字的生動與簡勁 —— 高語罕

◆ 生動

文字固然要寫得漂亮，就和人要漂亮一樣，但是光是漂亮，內裡沒有真正的生命力，那也不過是一架裝潢得很好的活機器而已，它本身並沒有什麼生命力，而它的動作行為也就好像是一個繡花枕頭一樣；或是像一個富貴人家的公子哥兒一樣，他懂得應對進退；或是像一個學生會裡好出風頭的代表一樣，他慣於說幾句漂亮話，其實都只是表面，縱或有它的內容，但這種內容也禁不起人家的追求，因為稍一追求，它的漂亮便成了索然寡味的空殼。所以，我們除了漂亮之外，還要使文字具有一種生動的質力。現在我們要問，怎樣才謂之生動呢？

第四章　狀物

譬如，說一件事情，能把作者對於這件事的意見或把他人的心思、他的深處掘發出來，活潑潑地躍然紙上，無論善與惡、美與醜，都具有它的全部生命，從他的筆端透露到我們的眼底，打進了我們的心坎，這就叫做「生動」。

◆ 簡勁

許多人做文章，喜歡拉長篇幅，敷衍成文。本來幾行就可寫了的，他可把它說一大篇。本來幾句就說了的，他竟把它寫成多少行，這叫做「冗」。就是說，不應長而長的東西，是多餘的長度。好比人穿衣服，本來三尺八寸的袍子正合身，然而裁縫司務卻把它做成四尺長，不但無用，而且有害，因為不但顯得難看，並且使他行動不便。冗長的文字也是這樣，不但使本文的好的部分顯得無精打采，反引起讀者許多厭惡和煩倦的心理。要醫這個病，只有反其道而行之，那就是「簡勁」。能簡斯有「勁」，故謂之「簡勁」。所謂「簡」，就是凡於一句話說了的，絕不用兩句話；凡於一個字說了的，絕不用兩個字。

創作的「三寶」—— 許地山

所謂創作「三寶」不是我的創意，從前西歐的文學家也曾主張過。我很讚許創作有這三種寶貝，所以要略略地將自己的見解陳述一下。

045

第一部分　文體寫作

◆ 智慧寶

創作者個人的經驗,是他的作品的無上根基。他要受經驗的默示,然後所創作的方能有感力達到鑑賞者那方面。他的經驗,不論是由直接方面得來,或者由間接方面得來,只要從他理性的評度,選出那最玄妙的段落——就是個人特殊的經驗有裨益於智慧或見識的片段——描寫出來。這就是創作的第一寶。

◆ 人生寶

創作者的生活和經驗既是人間的,所以他的作品需含有人生的元素。人間生活不能離開道德的形式。創作者所描寫的縱然是一種不道德的事實,但他的筆力要使鑑賞者有「見不肖而內自省」的反感,才能算為佳作。即使他是一位神祕派、象徵派,或唯美派的作家,他也需將所描那些虛無縹緲的,或超越人間生活的事情化為人間的,使之和現實或理想的道德生活相表裡。這就是創作的第二寶。

◆ 美麗寶

美麗本是不能獨立的,它要有所附麗才能充分地表現出來。所以要有樂器、歌喉,才能表現聲音美;要有光暗、油彩,才能表現顏色美;要有綺語、麗詞,才能表現思想美。若是沒有樂器、光暗、言文等,那所謂的美就無著落,也就不能

存在。單純的文藝創作——如小說、詩歌之類——的審美限度只在文字的組織上頭；至於戲劇，非得具有上述三種美麗不可。因為美有附麗的性質，故此，列它為創作的第「三寶」。

雖然，這「三寶」也是不能彼此分離的。一篇作品，若缺乏第二、第三寶，必定成為一種哲學或科學的記載；若是只有第二寶，便成為勸善文；只有第三寶，便成為一種六朝式的文章。所以我說這「三寶」是三寶一，不能分離。換句話說，這就是創作界的三位一體。

以月亮為例 —— 姜建邦

月亮是中國文人最喜歡欣賞的。詩人李白就是代表，「舉杯邀明月，對影成三人」，在這裡他感到人生最大的快樂。

月亮之所以受人歡迎，是因為它給我們幾個聯想，我們看見了明月，就會聯想到一些事，在這種場合下便產生了許多文學作品。

◆ 月亮興起家的聯想

李白的「舉頭望明月，低頭思故鄉」，是人人背得出的。盧綸的「三湘衰鬢逢秋色，萬里歸心對月明」，也是人人熟悉的。我們常以月圓象徵家人的團圓，所以中秋節，家人團聚賞月，是中國人最快樂的日子。如果此時寄身在外，也最容易思

鄉。「遊子無佳節,月圓人不圓」,是一種難堪的精神痛苦。

一首最著名的英文歌曲〈家,甜蜜的家〉(*Home, Sweet Home*)裡,也說到月亮,作者把家、母親、茅屋和月亮,說在一起,無怪在歌唱的時候,要生思家病了。

I gaze on the moon as I tread the drear wild,

And feel that my mother now thinks of her child,

As she looks on that moon from our own cottage door,

Though the wood-bine whose fragrance shall cheer me no more.

Home, home. Sweet, sweet home.

Oh, there's no place like home, oh, there's no place like home![13]

◆ 月亮興起友人的聯想

看見明月,想起知友,此時此情,很容易使文人的筆下產生美好的詩文。歐陽脩的詞〈生查子‧元夕〉就是代表:

去年元夜時,花市燈如畫。月上柳梢頭,人約黃昏後。今年元夜時,月與燈依舊。不見去年人,淚溼春衫袖。

---

[13] 其歌詞大意是:
當我走在冷落的曠野,總抬頭望明月,
遙想我那慈愛的母親,盼遊子心切切。
此刻也站在茅屋門前,望月兒盈又缺,
我多盼望在她身邊,吻故鄉的花和葉。
家,家,我甜蜜的家,
再沒有一處地方,能勝過自己的家。

清代詩人李佩金也有類似的詞：

玲瓏花裡月，知否人間別？一樣去年秋，如何幾樣愁！

其餘像王夢鸞的「夜靜月明人不見，自家歌與自家聽」；趙嘏的「同來玩月人何在？風景依稀似去年」；李後主的「故國不堪回首月明中」等句，都有同樣的聯想。

◆ 月興起美的聯想

談起月亮，往往聯想到美的故事，像嫦娥奔月、月下老人、月宮銀光世界等。中國詩詞裡常稱月亮為玉兔、玉蟾、玉簾鉤、冰輪、冰鏡、白銀盤、素娥、圓璧[14]、玉鉤、蛾眉等，這些都是美麗的東西，因此月亮就更美了。

初生似玉鉤，栽滿如團扇。（虞義詠秋月）

洞庭秋月生湖心，層波萬頃如鎔金。（劉禹錫詠月）

雪影半窗能共白，梅花千樹只多香。（徐舫詩句）

◆ 直接描寫月亮如同友人

白居易有一首詩說：

曉隨殘月行，夕與新月宿。

誰謂月無情，千里遠相逐。

曹松也有一首詩說：

---

[14] 圓璧：此處應為「半璧」，喻弦月。

第一部分　文體寫作

　　無雲世界秋三五，共看蟾盤上海涯。

　　直到天頭天盡處，不曾私照一人家。

　　至於純粹寫月的詩詞，在中國文學中也不乏這類的作品，魏時文帝，齊時王融，梁時沈約、庾肩吾、劉孝綽，北周時王褒、庾信，唐時駱賓王、李白、杜甫、韋應物、白居易、劉禹錫，宋時朱熹，元時徐舫、于石等人，都曾詠月之美。其中如庾信之詩句「山明疑有雪，岸白不關沙」，于石的「蕩搖水中月，水定光復圓」，李白的「人攀明月不可得，月行卻與人相隨」、「今人不見古時月，今月曾經照古人」等，都是膾炙人口的名句。

　　「風花雪月」自然是有閒階級、文人雅士的玩意兒，但是我們如果從「為藝術而藝術」(Art for Art's Sake)的眼光來說，就不能忽視它在文學上的地位，並且在中國的文學中它還占著不少的成分呢！

第五章　議論

若把肥瘦長短分開來說，則燕瘦環肥，各臻其美，堯長舜短，同是聖人。

經典範文

說肥瘦長短之類

郁達夫

人體的肥瘦長短，照中國歷來的審美標準來看，似乎總是瘦長的比肥短的美些。從古形容美人，總以「長身玉立」的四字為老調，而「嫫母倭傀[15]，善譽者不能掩其醜」，也是大家所熟知的典故。按常理來說，大約瘦者必長，肥者必倭；但人身不同，各如其面，肥瘦長短的組合配分，卻不能像算術上的組合法那麼簡單。所以同外國文中不規則動詞的變化一樣，瘦而短，肥且長的陰性陽性，美婦醜男，竟可以有，也竟可以變得非常普通。

若把肥瘦長短分開來說，則燕瘦環肥，各臻[16]其美，堯

---

[15]　嫫母倭傀：嫫母和倭傀是中國古代傳說中的醜女。
[16]　臻：達到。

第一部分　文體寫作

長舜短,同是聖人。倘說唐明皇是懂得近世擇美人魚的心理的人,則不該齎[17]送珍珠,慰她寂寥。倘說人長者必美,短者必醜,則堯之子何以不肖,而娥皇女英又如何肯共嫁一人。

關於肥瘦,若將美的觀點撇開,從道義人品來立論,則肥者可該倒楣了。訾食者不肥體[18],是管子的金言;子貢淫思七日,不寢不食,以至骨立,是聖門弟子的行為。飯顆山頭逢杜甫,他老人家只為了忠君愛國,弄得骨瘦如柴。桓溫之孽子桓元,重兼常兒,抱甄易人,終成了篡位的奸臣,被人殺戮;叔魚之母,見了她兒子的鳶肩牛腹,嘆曰,谿壑可盈,是不可饜也,必以賄死,遂不視[19]。凡此種種,都是說肥者壞、瘦者好的史實,而韓休為宰相,弄得唐玄宗不敢小有過差,只能勉強說一句「吾貌雖瘦,天下則肥」的硬好漢語來解嘲,尤其是有名的故事。

反過來從長短來說,中國歷史裡,似乎是特別以讚揚矮子的記錄為多。第一,有名的大政治家矮的卻占了不少,周公、伊尹,全是矮子,晏子長不滿六尺,而身相齊國,名顯諸侯。孟嘗君乃眇小丈夫[20],淳于髡[21]亦為人甚小。其他如

---

[17]　齎(ㄉㄞˋ):贈予,給予。
[18]　出自《管子·形勢》,指挑剔飲食的人不會胖。
[19]　出自《國語·晉語》,意思是叔魚出生時長相怪異,其母見了說其臂膀如鷹,腹腔似牛,如溝壑之欲難以滿足,必因受賄而死。於是就不親自養育。
[20]　眇小丈夫:指身材矮小瘦弱的男人。也指見識短淺的男人。
[21]　淳于髡(ㄎㄨㄣ):戰國時期齊國的政治家和思想家。其雖然身材矮小,但博學多才、善於辯論,是當時十分有影響力的學者之一。

能令公喜公怒的短主簿王珣,磨穿鐵硯賦日出扶桑的半人桑維翰等,都係以矮而出名者,比起長大人來(當然也是很多),短小人絕不會有遜色。武人若伍子胥,若韓王信輩,都係長人,該沒有矮子的分了,而專諸郭解,相傳亦是矮人。

看了這些廢話,大家怕要疑我在贊成瘦子矮子了,但鄙意[22]卻沒有這樣簡單。對於美人,我當然也是個摩登的男子,「軟玉溫香抱滿懷」,豈不是最快活也沒有的事情?至於政治家呢,我覺得短小精悍的拿破崙,究竟要比自己瘦長因而衛兵也只想挑長大的普國弗列特克大王[23]好得多。若鳥喙長頸的腎水之精(子華子),大口鳶肩的東方之士(淮南子)能否與大王弗列特克比肩,當然又是另一問題。

一九三四年九月

郁達夫

> 原名郁文,字達夫。新文學團體「創造社」的發起人之一,中國現代小說家、散文家、詩人。在文學創作上主張「文學作品,都是作家的自敘傳」,並且首創了自傳體小說這種抒情浪漫的體裁。主要作品有《沉淪》、《故都的秋》、《春風沉醉的晚上》、《過去》、《遲桂花》、《懷魯迅》等。

---

[22] 鄙意:我的意見。
[23] 指普魯士國王腓特烈二世。

第一部分　文體寫作

名作賞析

　　郁達夫的這篇議論文豪邁揮灑，說理透澈深刻，展現了作者廣闊的視野，表達出作者深刻的辯證主義思想。文章運用了大量的歷史典故，如「燕瘦環肥」、「堯長舜短」等，旁徵博引，有力地論證了肥瘦長短各有各的美。

大師課堂

議論文的意義和寫法 —— 章衣萍

　　什麼是議論文呢？

　　凡以自己的思想為主體，評判意見的是非、學說的正謬、事件的應行與否，並且希望旁人信從的文字，叫做議論文。

　　議論文的用處很多。議論文和說明文[24]不同的地方，是說明文的目的在於解釋，而議論文的目的，在使人信從。

　　譬如，我們做一篇文章證明「達爾文的進化論」，這是說明文。我們若說「達爾文的進化論是不合理的」，就非用議論文不可了。因為我們說達爾文的進化論合理不合理，一定要把它的原因說出來。把原因說出來還不夠，我們一定還得拿

---

[24]　原文用「解說文」的譯法，為統一，本書修改為「說明文」。

出證據來。

拿不出證據便不能使人信從，所以在議論文中，證明是很重要的。

議論文該怎麼寫呢？我且請出三個「菩薩」[25]來：

◆ **重論點**

論點就是一篇論文的中心思想。議論文的目的，是作者發表一種意見，一種主張，一種判斷。每一篇文章都有一個中心思想，作者應該明白地表現出來。這中心思想就是論理學[26]上的結論。我們研究論理學的目的，就是使我們所發表的結論正確。

結論最怕是含混。譬如我們做一篇「論普羅文學」的文章，或是贊成，或是反對，我們就應該明白表示出來。又如我們做一篇「論語體文的歐化」的文章，我們是贊成歐化的句子呢，還是贊成老百姓口中的天然的句子呢？我們也應該明白說出來。我們不能在一篇文章中主張自由戀愛，又贊成舊式家長代定婚姻。我們不能在一篇文章中贊成民主主義，又贊成開明專制。

耶穌說得好：「你不能同時信奉上帝，又信奉財神。」

---

[25] 三個「菩薩」：出自「做戲無法，出個菩薩」的典故。
[26] 論理學：指邏輯學。

第一部分　文體寫作

一篇文章中應該有一特別的論點,明確說出來,不能既贊成甲,又贊成乙。籠統、含混、折中,是中國思想界不進步的原因,新青年做論文不該再犯此病。這是我所說的重論點。

◆ 明因果

我們知道世界上的事不是無故發生的。每一事的發生,必有發生的原因。同一條件下面的同一原因,無論在何時何處,必生同一結果。例如「水受熱化為汽,受冷化為冰」,這是自然的因果。「大兵之後,必有凶年」、「久病之後,身體必弱」這是人事的因果。善於做議論文的人,應該在文章中把論點因果說明。主張「白話文」,也應該把主張「白話文」的原因說明;贊成「古文」,也應該把贊成「古文」的原因說明。林琴南〈論古文之不當廢〉,乃說「我識其理,而不能道其所以然」,這便是不明因果。這樣的文章是不能使人信服的。

◆ 重證據

近代科學方法最大的條件,就是「拿證據來」。你說天上有上帝,他便請你拿上帝來。你說空中有神,他便請你拿神來。你說地下有鬼,他便請你拿鬼來。於是一拿證據,上帝鬼神,都站不住了。

這是科學方法最大的效用。中國思想界,本來好弄玄

虛。新文化運動以來,這種玄虛的底子並未打破。譬如幾年前有人說「革命要革得虛空破碎,大地平沉」。許多少年都佩服這句大話。其實這正是瘋話。試問「虛空」如何革得「破碎」?「大地」如何革得「平沉」?一問他要證據,這些瘋話便無從開口了。實在的證據是要透過我們的感覺的。那些看不見、聽不到、摸不到的東西,都不能拿來做證據。正如中國古人說月亮當中住了一隻兔子,拿著小錘在搗藥。這完全是想像的神話,不能拿來做證據。那義大利人葛利賴[27](Galileo)於一六零九年造了望遠鏡,用這鏡子發現太陽的黑點,月亮上的山谷。知道月亮是一個死了的星球,那裡是沒有動物的。這便是有證據的話,不是胡說了。我們要學生在議論文中不說空虛的話,要他們拿事實做證據,拿證據來證明論文中的結論或假設(這是歸納法的第四步),最好是多看科學的書籍,多觀察、多試驗,因為除了科學本身,是沒有什麼科學方法的。不懂得近代的科學,便不能應用科學方法。普通的世俗證據是不大可靠的,只有用科學方法(包括歸納法、演繹法)所得的證據比較可靠。

這就是我所說的重證據。

---

[27] 葛利賴:即伽利略。

論證的基本方法：
演繹法、歸納法和類推法 —— 夏丏尊

演繹法、歸納法和類推法，是論證的基本方法。要知道詳細，需求之於倫理學，這裡所講的只是一個大概。

◆ 演繹法

用含義比較廣闊的命題做基礎來論證含義較狹窄的命題，這是演繹法。例如：

- 學校的功課都應當注意學習。── 大前提
- 音樂是學校的功課。── 小前提
- 故音樂應當注意學習。── 斷案

這是演繹法最基本的形式，通常稱為三段論式；是用含義較廣的「學校的功課都應當注意學習」和「音樂是學校的功課」兩個命題來證明「音樂應當注意學習」的命題。上列的順序是理論上的通常的排列法；在文字或語言上，常有變更。試以上式為例：

（1）學校的功課都應當注意學習「的」（大），音樂「既」是學校的功課（小），所以音樂「也」應當注意學習（斷）。

（2）學校的功課都應當注意學習「的」（大），所以音樂「也」應當注意學習「呀」（斷），「因為」音樂「也」是學校的功課（小）。

(3)音樂「既」是學校的功課（小），學校的功課都應當注意學習「的」（大），音樂「也就」應當注意學習「了」（斷）。

(4)音樂「既」是學校的功課（小），音樂「就」應當注意學習（斷），「因為」學校的功課都應當注意學習「的」（大）。

(5)音樂應當注意學習「呀」（斷）！「因為」學校的功課都應當注意學習（大），音樂「也」是學校的功課（小）。

(6)音樂應當注意學習「的」（斷），音樂「既」是學校的功課（小），學校的功課都應當注意學習「啊」（大）。

引號內的字是為句子的順暢附加的，因為無論在文字上或語言上，常常還一定要用很質樸的語句表明。大前提、小前提和斷案不但排列的順序可以變更，常常還有省略。例如：

(1)學校的功課都應當注意學習（大），音樂「也」是學校的功課「呀」（小）！

(2)音樂「既」是學校的功課（小），音樂「豈不」應當注意學習嗎（斷）？

(3)學校的功課都應當注意學習「的」（大），音樂「就」應當注意學習「了」（斷）。

(4)音樂「既」是學校的功課（小），「就」應當注意學習（斷）。

(5)學校的功課都應當注意學習（大），音樂自然不是例外（斷）。

第一部分　文體寫作

　　只要意義能夠明白，在文章上排列變更，要素省略都無妨。為了文章辭調的關係將命題的形式轉換也是必要。但若要檢查議論的正否，卻須依式排列。例如：

（1）桀紂之失天下也，失其民也。（《孟子‧離婁》）

（2）天子不能以天下與人。（《孟子‧萬章》）

（3）他不用功，故要落第。

　　這些議論若要施以檢查，須將省略的補足，成一完全的三段論式，如下：

（1）失天下者失其民者也，桀紂之失其天下也，故桀紂失其民也。

（2）天子不能以天下與人，堯為天子，故堯不能以天下與人（舜）。

（3）不用功的學生都要落第，他是不用功的學生，故他要落第。

　　演繹法的議論，全以兩前提做基礎，所以如前提中有一不穩固，全論就不免謬誤。如前例第三個論式：

　　不用功的學生都要落第，他是不用功的學生，故他要落第。

　　這論式中，大前提就不甚穩當，因為世間盡有天資聰明，不用功而可以不落第的學生。

第五章　議論

　　世間原難有絕對的真理,所以就是論式各段都無誤,也不是就沒有辯駁的餘地。不過各段的無誤,是立論的必要條件,若沒有這條件,議論的資格都沒有了。

◆ 歸納法

　　歸納法和演繹法恰好相反,是集合部分而論證全體的論法。例如用演繹法證明「某人是要死的」,其論式如下:

- 凡人都是要死的。── 大前提
- 某人是人。── 小前提
- 故某人是要死的。── 斷案

　　這例中的大前提「凡人都是要死的」的一個命題是否真實,如果要加以證明,也可用下列的演繹法的論式:

- 凡生物是要死的。── 大前提
- 人都是生物。── 小前提
- 故凡人都是要死的。── 斷案

　　對於這個論式的大前提「凡生物是要死的」的一個命題,若還有疑問,須加以證明,那就不是演繹法所能勝任的,非用歸納法不可了。論式如下:

　　牛是要死的,馬是要死的,羊是要死的,草是要死的,

第一部分　文體寫作

樹是要死的……袁世凱死了，西施死了，我的祖父母死了……

牛、馬、羊、草、樹……袁世凱、西施、我的祖父母……都是生物。

故生物是要死的。

這式的兩前提都是以經驗所得的部分集合起來，由此便得到「生物是要死的」的結論。

歸納法中有兩個應當遵守的條件：

- 一是部分事件的集必須普遍而且沒有反例；
- 二是有明確的因果關係。

這兩個條件如果能滿足一個，大概可以認為沒有錯誤。用例來說：

有角動物都是反芻動物。

在這例中，「有角」和「反芻」有沒有原因結果的關係，這在現在的科學上還沒有證明，所以不能滿足第二個條件；但有角的動物如牛，如羊，如鹿等都是反芻的，並且沒有反例，即有角而不是反芻的動物可以舉出，這就滿足第一個條件，而可認為正確的了。

有煙的地方必定有火。

這例中的「煙」同「火」是有因果關係的，滿足了第二個條件，所以就是不遍舉事例，也可認為正確。

文化高的國民都是白皙人種。

這例雖可舉出英、美、德、法等國民來做例證，但有印度、中國等反例可舉，不滿足第一個條件；並且，明確的因果關係也沒有，又不滿足第二個條件。這樣的歸納便是謬論。

最有力的歸納論，是第一、第二兩個條件都能滿足的；因為事例既普遍又無相反的例可舉，原因結果的關係又極明瞭，自然不易動搖了。所應注意的，有無反例可舉，和人的經驗有關係；就現在所經驗的範圍雖無反例，範圍一旦擴大，也許就遇見了反例；所以歸納法所得的斷案常是蓋然的。但原因結果的關係既已明確，就有反例可舉也不能斥為謬論；這只是原因還沒完全舉出，或反例另有原因的緣故。例如：

居都市的人比居鄉村的人來得敏捷。

這就是生活狀況的不同，一是刺激很多，一是清閒平淡，可以將原因結果的關係說明的；雖有一二反例，必定別有原因存在，對於原論並不能動搖。

◆ **類推法**

根據已知的事例而推斷相類的事例的方法，這是類推法。例如：

第一部分　文體寫作

- 地球是太陽系的行星,有空氣,有水分,有氣候的變化,有生物。──已知的事例
- 火星是太陽系的行星,有空氣,有水分,有氣候的變化。──相類的事例
- 故火星有生物。──斷案

類推法應用時須遵守下列的兩條件:

- 一是所舉的類似點,須是事物的固有性,而不是偶有性;
- 二是被推的事物須不含有與斷案矛盾的性質。

例如:

(1)孔子與陽虎同是魯人,同在魯做官。

若依了這些類似點,因孔子是聖人就推斷陽虎也是聖人,這便犯了第一個條件;因為這些類似點都是偶有性。

(2)甲乙二鳥,聲音、大小、行色都相同。

但乙鳥的翅曾受傷折斷,若依類似點因甲善飛就推斷乙也善飛,這便犯了第二個條件,因為翅的折斷和善飛,性質是矛盾的。

證據的性質分類：
因果論、例證論、譬喻論、符號論 —— 夏丏尊

判斷一件事，總是以經驗作根據，而依前兩節所舉的方法找出證據來。由性質上，證據有種種的不同，分述如下：

◆因果論

因果論又名蓋然論，是根據了「同樣的原因必生同樣的結果」的假定，以原因證明結果。例如：

（1）某人平日品行方正（原因），這次的竊案大概和他沒有關係（結果）。

（2）他作文成績素來很好（原因），這次成績不良，大概是時間局促的關係（結果出預想之外，因為別有原因的緣故）。

這都是因果論，普通所謂議論，大概是這類最多。因果論所以又名蓋然論，就是因為這種議論並不是確切可靠的緣故。

因果論雖不是充足的可靠的議論，卻是必要的很有價值的。所以無論何種議論，至少非有一個因果論的證據不可。否則，即使別的證據很多，也不可靠。

◆例證論

將和結論相同的事例，引來做議論的證據，叫做例證論。例如：

第一部分　文體寫作

（1）某人身體原很弱，因從事運動，今已健康（事例）；所以運動是有益於健康的（結論）。

（2）甲學生很用功及了格，乙學生不用功落了第（事例）；所以要及格非用功不可（結論）。

（3）投石於水，就沉下去，投木片於水，則浮在上面（事例）；可知輕的東西是浮的，重的東西是沉的（結論）。

這都是例證論。例證論以部分來推全體，或以甲部分來推乙部分。前一種是歸納法的，歸納的法則應該嚴格遵守；後一種是類推法的，類推的規則切不可犯。除此以外還有幾個條件應當特別注意：

- 人事和物理的不同。物理以物為對象，物質界是有普遍的法則可循的，所以大概可以說有一定。甲石沉了，乙石也沉了，可以說凡石都要沉的。但人事界的現象，卻沒有這樣的簡單。甲從事運動身體健康了，乙從事運動或反而生病，因為體質、情形都不一定相同，結果不一定同也是應該的。
- 「假定」不能做例證。例證須是事實，「假定」做不來例證。世間往往有以「假定」做例證而應用例證論的。例如「精神一到，何事不成（假定）；凡畢業顛沛流離的，都是精神不振作的緣故（結論）」。只懸揣了一個假定，再從這假定立了腳來推論，即使常識上通得過去，總不可靠。

◆ 譬喻論

　　譬喻論和例證論相似，不過例證論是引用和結論相同的例項做證據，譬喻論是引用和結論相似的事例做證據。例如：

　　（1）加熱於蒸汽機關，則機關運轉，故熱可轉成運動。（例證論）

　　（2）好像蒸汽機關的運轉上需石炭的樣子，生物在生活上也需要食物。（譬喻論）

　　譬喻論中所最要緊的，就是兩方面的類似的關係。譬喻要得當，就是兩方面中，各自所存的關係要有適當的關聯。假如其中有一式錯誤，譬喻論的全體，也就要錯誤。

　　譬喻論，中國古來用得很多，現在也著實有不少的人用它，譏詐百出，最易使人受欺，大宜注意辨別。

◆ 符號論

　　符號論和因果論恰相反，因果論是從原因推證結果；符號論是從結果推證原因。例如：

　　（1）某人沒有一定的職業，應當很窮。（因果論）

　　（2）某人到了嚴冬還穿袷衣，可見他很窮。（符號論）

　　符號論是以實際的形跡（符號）來證明所論的真確的。見學生上課時在講堂中睡眠，說教師不能引起學生的興味；見水的結冰，說大氣的溫度在冰點以下；這都是符號論。通俗所謂

第一部分　文體寫作

「理由」的，大概是因果論；所謂「證據」的，大概是符號論。

符號論一不小心就容易生出謬誤。因為是博士，就崇拜他，說他有學問；因為是孔子說的，就相信它一定不錯；因為西洋人也這樣那樣，所以非這樣那樣不可；看看報上某商店的廣告，就信用某店的貨物精良；都是這一類的謬論。

符號論中最可靠的，是那結果只有一種原因可以生出來的時候。例如：

河水結冰了，可知天氣已冷到攝氏表零度以下。

就大概說：自然界的現象，符號論大體可靠，一涉到人事，關係非常複雜，用符號論，大須注意。

◆ 各種議論的聯繫

上文所述的四種議論，各有缺點，所以單獨使用，很不可靠。但是若能將兩種以上的議論聯結起來，就成有力的議論了。例如甲有殺乙的嫌疑時，如果在同一事情，得到下列種種事實，那麼甲是嫌疑人，差不多可以斷定了：

（1）甲的性情粗暴。（因果論）

（2）甲與乙曾因金錢關係有宿怨。（因果論）

（3）某次甲曾用刀和人格鬥。（例證論）

（4）乙被害時，甲不在家，其時為夜半。（符號論）

（5）甲家中有帶血的衣服和刀。（符號論）

以上是三種議論的聯結，若能四種聯結，更為可靠。所應注意的，就是因果論和符號論並不全然可靠，至於例證論和譬喻論更只能做補充用，力量很微弱。即以上例來說，雖已有五個證據，但最多只能說甲有嫌疑，至於甲是否殺乙，依然不能斷定。所以，關於這一類事實要下判決，非有確實的認證（如當場見到）或物證（如刀與傷口）不可。因此，裁判官只能用各種方法引誘甲自行承認，而不能依自己所得到的蓋然的證據推斷。因為上面的事實，甲和別人格鬥，或殺的不是乙，或別人嫁禍，(4)和(5)都是可以存在的，至於(1)(2)(3)都是已過的事，用作證據本來力量就不大。

議論文的順序 —— 夏丏尊

文章原無一定的成法，議論文的順序當然也不能說有一定。以下所說的事項，不過是普通的說法。

◆命題的位置

議論文原是對於命題的證明，命題當然是議論文的根本。所以命題在一篇文章中應該擺在什麼地方，是先列命題，後來說明呢？還是先加說明，後出命題呢？這實在是一個問題。

在最普通的文章，應該先提出命題，使讀者開首就了解全篇主旨所在。若是把文章讀了半篇，還不能曉得究竟講點

什麼，這類不明晰的文章，普通不能算好的。

先列命題，能使文章明晰，卻是有時也不應當先將命題列出：

第一，命題容易引起反對的時候。例如對學校學生主張有神論，或對宗教家主張無神論的時候。倘使先把命題揭出，必致開端就惹起觀聽者的反對，以後雖有很好的證明，也不足動人了。這種時候，應當先從比較廣泛點的地方起首。對學生講有神論，可先從科學說起，說到科學不可恃，再提出有神論來。對宗教家主張無神論，可先說古來有神論和無神論的派別；各揭出其優劣，使聽者覺得無神論也有若干的根據，然後再提出自己主張無神論的意見。

第二，命題太平凡的時候。例如在慈善會場中演說「人要有慈善心」的時候，若開端先將命題提出，聽的人就厭倦了。這種時候，可從「生存競爭的流弊」等說起，使聽者感覺慈善的必要，然後再提出本命題來。

◆ 證明的順序

通常因果論應當列在前面，符號論列在最後。因果論若列在最後，就使已經證明的事情和當面的問題無涉。若四種論證都全備的時候，就是(1)因果論，(2)譬喻論，(3)例證論，(4)符號論；這是最普通的。

先列因果論，使讀者預想有像結論的事實。次列譬喻論和例證論，使讀者預想著在別時別地所有的事實，或者在此也要起來。到了最後的符號論，使讀者覺得所預期要起來的事，果真起來，就能深切地信從了。再用前面所舉的甲殺乙的例項來說：

（1）甲與乙因金錢關係有宿怨。（使讀者預想甲或因此殺乙。）

（2）甲雖是個平和的人，但是憤怒會改變素性；好像水雖平靜，遇風也要起浪。（使讀者相信平和的甲，也可殺乙。）

（3）從前某人某人都是平和的人，都因憤怒及金錢的關係，有過殺人的行為。（使讀者因從前的例項，堅信甲有殺乙的可能。）

（4）甲家有帶血的衣服，且乙被害時，甲確不在家。（因證據使讀者堅信是甲殺乙的。）

第六章　說明

中國畫家自臨摹舊作入手。西洋畫家自描寫實物入手。故中國之畫，自肖像而外，多以意構。雖名山水之畫，亦多以記憶所得者為之。

經典範文

圖畫

蔡元培

吾人視覺之所得，皆面也，賴膚覺之助，而後見為體。建築，雕刻，體面互見之美術也。其有舍體而取面，而於面之中仍含有體之感覺者，為圖畫。

體之感覺何自起？曰，起於遠近之比例，明暗之掩映。西人更益以繪影寫光之法，而景狀益近於自然。

圖畫之內容：曰人，曰動物，曰植物，曰宮室，曰山水，曰宗教，曰歷史，曰風俗。既視建築雕刻為繁複，而又含有音樂及詩歌之意味，故感人尤深。

圖畫之設色者，用水彩，中外所同也。而西人更有油畫，始於「文藝中興」時代之義大利，迄今盛行。其不設色者：曰水墨，以墨筆為濃淡之烘托者也；曰白描，以細筆勾

勒形廓者也。不設色之畫，其感人也，純以形式及筆勢。設色之畫，其感人也，於形式筆勢之外兼用激刺[28]。

中國畫家自臨摹舊作入手。西洋畫家自描寫實物入手。故中國之畫，自肖像而外，多以意構。雖名山水之畫，亦多以記憶所得者為之。西人之畫，則人物必有概範，山水必有實景。雖理想派之作，亦先有所本，乃增損而潤色之。

中國之畫與書法為緣，而多含文學之趣味。西人之畫與建築雕刻為緣，而佐以科學之觀察，哲學之思想。故中國之畫以氣韻勝，善畫者多共書而能詩。西人之畫以技能及意蘊勝，善畫或兼建築雕刻二術，而圖畫之發達常與科學及哲學相隨焉。

中國之圖畫術托始於虞夏，備於唐，而極盛於宋。其後為之者較少，而極盛於宋。其後為之者較少，而名家亦復輩出。西洋之圖畫術托始於希臘，發展於十四、十五世紀，極盛於十六世紀。近三世紀則學校大備，畫人伙頤[29]，而標新領異之才亦時出於其間焉。

蔡元培

> 字鶴卿，又字仲申、民友、子民。革命家、教育家、政治家。曾任北京大學校長，中華民國首任教育總長。主要作品有《蔡元培自述》、《中國倫理學史》等。

---

[28] 激刺：即刺激，此處指色彩對人感官的刺激。
[29] 伙頤：楚方言，嘆詞。多用以驚羨其多。

第一部分　文體寫作

名作賞析

蔡元培是中國提出「美育」的第一人，其觀點「以美育代宗教說」聞名於世。他畢生不遺餘力地倡導美育。「美育」一詞，最早由他從德文中翻譯過來的。本文層次分明，首先寫圖畫的特點，於平面中含有立體之感；其次從圖畫的內容和形式兩方面寫圖畫的感染力；最後又進一步比較了中西畫作的獨特之處和歷史淵源。文中用了大量的對比，令讀者對圖畫這一事物有明晰全面的了解。本文曾由朱自清、葉聖陶、呂叔湘選進《開明文言讀本》，被譽為「說明文的典範」。

大師課堂

說明文的意義 —— 夏丏尊

解說事物，剖釋事理，闡明意象，以便使人得到關於事物，事理或意向的知識的文字，稱為說明文。例如：

- 一旁是字的形，一旁是字的聲，所以叫做形聲。——〈中國文化的根源和近代學問的發達〉
- 科學的起源，不是偶然發現的，因為人類是有理性的動物，有種種心理的根據，所以發生科學。——〈科學的起源和效果〉

第六章　說明

　　說明文的性質，有時好像和科學的記事文相同，有時又好像和敘事文類似；其實全不一樣。

　　說明文和科學的記事文有什麼區別呢？最重要的一點，就是對象的範圍不同。科學的記事文雖也是以記述事物的狀態、性質、效用為主；但以特殊的範圍為限，是比較具體的；說明文以普遍的範圍為對象，是比較抽象的。如記述一枝梅花的姿態、屋內一部分的陳設、一個人的特性，範圍既狹，所記述的也比較具體，使人讀了自然就可以得到那些知識。但若要講到「植物」、「房屋的構造」和「人類的通性」等一般的事實，以及抽象的事理如「文學的意義」、「實驗主義」等，範圍就擴大得多，不是記事文所能勝任的了。

　　說明文和敘事文的區分比較容易。關於事實的說明，對象雖和敘事文相同，但形式全然相異。如「今天上午八點四十分火車從江灣開出」，是敘事文的形式；而「火車從江灣開到上海是在今天上午八點四十分」，便是說明文的形式。還有一個區別，敘事文可帶作者主觀的色彩，說明文卻不許可。

　　說明文字來是用較淺近明瞭易於理解的文字去解明事物或事理，使它的關係明瞭，範圍確定，意義清晰，給予人關於該事物或事理的普遍的正確的知識，所以用途很廣。教師的講義，科學的教科書，大半是說明文，固不必說；就是學

術上的定義，字典上的解釋，古書上的注解，事實真相的傳達，凡足以使人得到明確的觀念和理解的，都要用到說明文。

說明文的種類 —— 章衣萍

說明文[30]是解釋普通的或抽象的事理的文字。這一類的文字的主題不是直接訴諸感覺的。記事文與敘事文訴諸作者的觀察與想像，是偏於感情的；說明文則以訴諸抽象的理解為主，是偏於理智的。

這一種主題的普通文字，可以分為以下數類：

- 進行的性質的文字。這一類文字是說事物的製造的或行為的活動的，例如教人如何做菜弄飯的烹飪教科書、體操遊戲的說明書，都歸這一類。
- 一類事物的性質的文字。這一類的文字，例如心理學、倫理學、植物學、化學、解剖學教科書等等文字，均歸這一類。
- 一般抽象性的性質的文字。例如，說仁、說義、說情、說意的文字均歸入這一類。

---

[30] 作者原文使用「解說文」一詞，與說明文的英文同為 Exposition，本書作者認為翻譯成解說文比說明文更合適。但因現統一稱為說明文，為考慮閱讀方便，改為說明文。

- 字、句、論文的意義的文字。例如字義學、文法學、文學概論一類的文字。
- 主義法則的應用的文字。例如談好政府主義、共產主義、人權與約法的文字。
- 一切事物的功用、效能、結果、原因的文字。例如解說電氣的功用、效能、結果、原因的文字。

以上的各類，是就說明文的性質而分的。說明文的用處最多，科學的、哲學的、文學的、政治的、考證的，門類極繁。中國古代的說明文，如韓愈的〈進學解〉、〈獲麟解〉、〈師說〉，揚雄的〈解嘲〉，王半山的〈復仇解〉等，都是有名的解說文字。

而普通英文中的修辭學作文法，大致把說明文分為以下兩種：

- 科學的說明文。如上文所說的心理學、倫理學、植物學的教科書等應用科學的說明文最多。科學的說明文應注意界說[31]和分類。
- 說理的說明文。是作者自由發表某種之意思或某種學理的，並不像科學的說明文那樣瑣碎和枯燥。但是說理的

---

[31] 界說：即義界。它是用下定義的方式來解說詞義，即用一句話或幾句話來闡明詞義的界限，從而準確地表達一個詞語的意蘊。

第一部分　文體寫作

說明文並不是沒有主旨,如章炳麟自己說他的「學術」「始則轉俗成真,終乃回真向俗」,這就是章氏學術得力所在。又如周作人解說「平民文學」乃「人的生活」的文學,是「研究平民生活」的文學,這是周氏對於「平民文學」的見解。

說理的說明文並不是不要「界說」,他的文章的主旨就含了界說;說理的說明文並不是不要分類,他的文章中的段落就含著分類。這是說理的說明文和科學的說明文的分別。

說明文的寫法：
定義、區分、有力和有趣 —— 章衣萍

說明文應該怎樣寫法呢?

◆ 定義

第一,做說明文,應注意定義。

什麼是定義呢?定義是確定一概念的意思,以區別於旁的概念。人類的智識愈進步,事物愈複雜,定義更重要。我們要判斷一件事物、一種學說、一種主義,則對該事物、學說、主義的內容,必須明瞭。所以概念的定義是很重要的。譬如就社會主義而說,在俄國則為布林什維主義(Bolshevism),在法國則為工團主義(Syndicalism),在英國則為基爾特社會

主義（Guild Socialism），在美國則為 I. W. W.（The Industrial Workers of The World），概念意義各不相同。成仿吾講無產階級文學，錢杏邨也講無產階級文學，但是成仿吾的無產階級文學理論並不同於錢杏邨的無產階級文學理論。約翰‧華生是心理學上的行為主義者，郭任遠也是心理學上的行為主義者，但約翰‧華生的行為主義並不同於郭任遠的行為主義。

　　胡適之先生也說「拜金主義」，上海灘上的買辦也說「拜金主義」，但胡適之的「拜金主義」一定不同於上海買辦的「拜金主義」。一切學說、主義、事物，都應有一個明確的概念。概念有「種概念」，有「類概念」。每一個定義是以種概念和類概念，成一特別的界說。這「界說」普通文章中叫做主旨。說明文的第一目的，在使人懂得。有主旨、有界說的文章才可使人懂得。我們談起張勳，都知道他提倡復辟；談起康有為，都知道他主張君主立憲。張勳、康有為固不值得說，但比那些朝北暮南、忽左忽右的軍人政客能使人紀念，有價值得多。有界說、有主旨的文章才是有價值的文章，正同有主張、有操守的人物才有價值一樣。

◆ 區分

　　第二，做說明文，應該注意區分。

　　什麼叫做區分呢？這裡所說的區分，好像科學上所說的分類。我們知道科學當中，如動物學、植物學等科，因為分

第一部分　文體寫作

類分得詳細嚴密,所以能夠有很大的進步。但分類也不是容易的事,如中國人把一切的東西都分作「金、木、水、火、土」,叫做五行。如是又把五行應用於算命、看相、醫藥。這是很荒謬的舉動。科學上的詳細分類法,這裡不能詳說。說明文中的區分是在一篇文章的界說或主旨已定之後,按界說中或主旨的倫理上的次序說明。

例如周作人先生所做的〈平民文學〉一文,他的主旨是平民文學即「研究平民生活 —— 人的生活的文學」。但他一層層地說來,首拿「平民文學與貴族文學」相比較,又拿「古文」與「白話」相比較,於是決定在「文字形式上,是不能分出區別」。接著是說明平民文學與貴族文學的區別「是內容充實,就是普遍與真摯兩件事」,於是,又分「第一」、「第二」說明。後來又就「意義」上說,「第一,平民文學絕不單是通俗文學」、「第二,平民文學絕不是慈善主義的文學」。這樣一層一層地說明,好像抽絲,好像剝繭,平民文學的意義,也就明白了。這就叫做區分。

近人胡適之、梁啟超的文章都善用區分的法子,所以能明白通暢,令人易懂易解。徐志摩先生的文章也做得很美的,但他的文章,正如俄人伊鳳諾所說:「有點糊塗,不大清楚。」區分應該注意:第一,統一;第二,聯結。否則,難免「有點糊塗,不大清楚」了。

第六章　說明

◆ 有力和有趣

　　第三，做說明文應該注意有力和有趣。說明文的性質是偏於理智的。但拉長了臉孔說道理，實在也有點討厭。古羅馬的詩人賀拉斯說：含笑談真理，又有何妨呢？

　　在講臺上講書的教員，不能使學生發笑的話，是引不起學生的注意的。文章也是一樣。我們為什麼都喜歡魯迅、吳稚暉的文章呢？因為他們的文章，不但有力，而且有趣。有趣並不是一件壞事。我們研究教育的人，當知道趣味在教育上的價值。說明文第一應該使人容易懂得，第二應該使人容易記得。只有有力而有趣的文章，才可使人容易懂而容易記。使說明文有力而且有趣的方法很多。或者用譬喻的方法，或者用反覆的方法，或者用比較和對比的方法。

　　我們讀過《新舊約》的人，知道耶穌講道理是最會用譬喻的。夏丏尊先生曾說：「研究文學的人，不可不看《聖經》和《希臘神話》。」我相信他的話很有道理。譬喻是很重要的，一切大主教、大聖人、大哲學家，孔丘、孟軻、莊周、墨翟、荀卿的說教都喜歡用譬喻。我們可以隨便在他們的書中找出例子。

　　比較和對比都是很重要的。如《莊子‧外物篇》說：

　　　荃者所以在魚，得魚而忘荃；蹄者所以在兔，得兔而忘蹄；言者所以在意，得意而忘言。

第一部分　文體寫作

反覆也可以促進文章的有力的。如《老子》上的：

道可道，非常道。名可名，非常名。無名，天地之始。有名，萬物之母。

又如《莊子·寓言篇》上的：

……終身言，未嘗言；終身不言，未嘗不言。有自也而可，有自也而不可；有自也而然，有自也而不然。惡乎然？然於然；惡乎不然？不然於不然。惡乎可？可於可；惡乎不可？不可於不可。物固有所然，物固有所可。無物不然，無物不可。

古書與古文用這種法子很多（參看唐鉞的《修辭格》第五章，此書雖小而舉例極精），可以令人容易諷誦[32]，容易記憶。要說說明文有力與有趣，不可不講種種修辭方法。

---

[32]　諷誦：指有板有眼、抑揚頓挫地誦讀。

第七章　散文

都說是春光來了,但這樣荒涼寂寞的北京城,何曾有絲毫春意!遙念故鄉江南,此時正桃紅柳綠,青草如茵。

經典範文

春愁

章衣萍

都說是春光來了,但這樣荒涼寂寞的北京城,何曾有絲毫春意!遙念故鄉江南,此時正桃紅柳綠,青草如茵。

北京,北京是一塊荒涼的沙漠:沒有山,沒有水,沒有花。灰塵滿目的街道上,只看見貧苦破爛的洋車,威武雄赳的汽車,以及光芒逼人的刺刀,鮮明整齊的軍衣,在人們恐懼的眼前照耀。駱駝走得懶了,糞夫肩上的桶也裝得滿了,運煤的人臉上也熏得不辨眉目了。我在這汙穢襲人的不同狀態裡,看出我們古國四千年來的文明,這便是胡適之梁任公以至於甘蟄仙諸公所整理的國故。朋友,可憐,可憐我只是一個灰塵中的物質主義者!

當我在荒涼汙穢的街頭踽踽獨步的時候,我總不斷地做

第一部分　文體寫作

「人欲橫流」的夢，夢見巴黎的繁華，柏林的壯麗，倫敦紐約的高樓沖天，遊車如電。但是，可憐，可憐我仍舊站在灰塵的中途裡，這裡有無情的狂風，吹起滿地的灰塵，凍得我渾身發抖。才想起今天早晨，忘記添衣。都說是春光來了，何以仍舊如此春寒？我憶起那「我唯一的希望便是你能珍重」的話，便匆匆地回到廟中來了。我想，凍壞我的身體原是不要緊的，因為上帝賜給我的只有痛苦，並沒有快樂，我不稀罕這痛苦的可憐生命。但是，假如真真的把身體凍壞了，怎樣對得起那愛我而殷勤勸我的朋友？近來，我的工作的確很忙了，這並不是工作找我，是我找工作。《小物件》中的目耳馬倫教士勸小物件說：「在那最痛苦的生活中，我只認識了三樣樂：工作，祈禱，菸斗。」

　　菸斗是與我無緣的；祈禱，明知是一件無聊的事，但有時也自己欺騙自己，在空虛中找點慰安。工作，努力地工作，這是我近來唯一的信條。在我認識而且欽佩的先輩中，有兩個像太陽一般忙碌工作的人：一個是H博士，一個是T先生。H博士的著作，T先生的平民教育，已經成為他們的第二生命了。從前，我看見他們整日匆忙，也曾笑他們過：「這兩個先生真傻，他們為了世界，把自己忘了！」但近來我覺得，在匆忙中工作，忘了一切，實在是遠於不幸的最好方法。我想，假如我是洋車夫，我情願拉著不幸的人們，終日奔走，便片刻也不要停留。在工作中便痛苦也是快樂的，天下最痛苦的是不工作時的遐想。只要我把洋車放下一刻，我看不過這現實的罪惡世界，便即刻要傷心起來了。朋友！

第七章　散文

　　這是我終日不肯放下洋車的原因，雖然在坐汽車的老爺們看來，一定要笑我把精力無用地犧牲，而且也未免走得太慢！

　　東城近來也不願去了，一方面因為忙於工作，一方面還有個很小的原因，便是東城的好朋友們，近來都成對了。在那些卿卿我我的社會中，是不適宜於孤獨的人的。拿眼兒去看旁人親熱地擁抱，拿耳朵去聽旁人甜蜜地喊「我愛」，當時不過有些肉麻，想來總未免有些自傷孤零。所以我打定主意，不肯到東城去。近來工餘的消遣，便是閒步羊市大街，在小攤上面，買兩個銅子兒花生，三個銅子兒燒餅，在灰塵的歸途中，自嚼自笑。想起那北京的文豪們，每月聚餐一次，登起斗大字的廣告，在西山頂上，北海亭邊，大嚼高談，驚俗駭世。他們的幸福，我是不敢希望的，但他們諒也不懂得這花生和燒餅混食的絕好滋味！

　　最無聊的是晚上，寂寞淒涼的晚上。朋友們一個個都出去了，蕭條庭院，靜肅無聲。我在那破書堆裡，找出幾本舊詩，吊起喉嚨，大聲朗誦。這時情景，真像在西山時的胡適之先生一樣，「時時高唱破昏冥，一聲聲，有誰聽？我自高歌，我自遣哀情」。近來睡眠的時候很晚，因為室內的爐兒已撤了，被褥單薄，不耐春寒，如其孤枕難眠，倒不如高歌當哭。但有時耳畔彷彿聞人悄道：「我愛，夜深，應該睡了。」明知孤燈隻影，我愛不知在哪裡。但想起風塵中猶有望我珍重的人，也願意暫時丟卻書兒，到夢中去尋剎那間的安慰。

　　「好夢難重作，春愁又一年！」

第一部分　文體寫作

> 章衣萍

> 乳名灶輝，又名洪熙。早年與胡適、魯迅、陶行知等人交往甚密，與魯迅等人創辦《語絲》月刊，係重要撰稿人。現代作家和翻譯家。著作甚豐，有短篇小說集、散文集、詩集、學術著作、少兒讀物、譯作和古籍整理等二十多部，主要作品有《古廟集》、《一束情書》、《櫻花集》等。

名作賞析

　　章衣萍的散文談文藝，論人生，率真潑辣、諷喻犀利，得到了魯迅等人的賞識，在文壇上名動一時。

　　〈春愁〉是章衣萍早期散文集《古廟集》中的一篇，文字優美細膩，訴說著淡淡的寂寞悲愁，情真意切，令人回味無窮。

　　文章第一部分中，作者一方面從自然景物上說明北京的荒涼，另一方面又從民眾生活細節上表明北京春天的荒涼汙穢。作者面對這樣的社會現實，內心深處不免生出痛苦之感。第二部分，作者「看不過這現實的罪惡世界」，只好從祈禱中找點安慰，想要在忙碌的工作中讓自己忘記一切，表達了自己對現實不滿而又無能為力的悲哀感。最後一部分，作

者自傷孤獨。朋友成對、與「北京的文豪們」志趣不合，為晚上的寂寞淒涼做了鋪陳。自己大聲朗誦舊詩的聲音和睡覺時耳畔的人聲，無不更加突顯出作者內心的孤獨。末尾作者引用清代文人錢枚的詞句，對文章的主旨進行了概括，與文章標題呼應，使文章錦上添花，增色不少。

歷代關於春愁的詩詞、文章有很多，主要原因是中國古代文人所特有的「傷春悲秋」情結。章衣萍並沒有囿於「傷春」情結，而是更進一步寫出了生命的荒涼、忙碌和孤獨，也表達了對民族命運、國家前途的憂思。

大師課堂

散文的重要性 —— 老舍

我們寫信、寫日記、筆記、報告、評論，以及小說、話劇，都用散文。我們的刊物（除了詩歌專刊）與報紙上的文字絕大多數是散文。我們的書籍，用散文寫的不知比用韻文寫的要多若干倍。

看起來，散文實在重要。在我們的生活裡，一天也離不開散文。我們都有寫好散文的責任。

有的人以為散文無可捉摸，拿起筆來先害怕。不必害

第一部分　文體寫作

怕,人人都有寫散文的條件。我們說話要說得清清楚楚,明明白白,這就有了寫散文的基礎。我們寫信、寫日記,聽報告時做筆記,都是練習寫散文的機會。不要剛一提筆,就端起架子來說:我要寫散文啦!是呀,我小時候在私塾裡讀書,每逢老師出題叫學生作文,我便緊張地端起架子,不管老師出什麼題,我總先寫上「人生於世」,或「夫天地者」,倒好像「人生於世」與「夫天地者」是散文的總「頭目」!後來,有人指點:你試試看,把想起的話照樣寫下來,然後好好重新安排一下,叫那一片話更有條理,更精緻些,你就無需求救於「夫天地者」了。我這才明白,原來我心中就有散文的底子,它並不是什麼天外飛來的怪物。對,我們人人都有寫散文的「本錢」,只看肯不肯下些功夫把它寫好,用不著害怕!

與此相反,有的人的膽量又太大,以為只要寫出一本五十萬字的小說,或兩本大戲,就什麼都解決了,根本用不著下功夫學習寫散文。於是,他寫信,寫得亂七八糟;日記乾脆不寫,只寫小說或劇本。不難推測,一封信還寫不清楚,怎能夠寫出情文並茂的小說與劇本來呢?不把散文底子打好,什麼也寫不成!

有的人呢,散文還沒寫通順,便去作詩。我不相信,連一封信還寫不明白,而能寫出詩來 —— 詩應是語言的精華!不錯,某個詩人的詩確比散文寫得好;可是,自古以來,還

第七章　散文

沒有一位這樣的詩人：詩極精采，而寫信卻糊里糊塗。我看，還是先把散文寫好吧！詩寫不好，只不過不能發表；信寫不明白，可會耽誤了事！

對，我們不要怕散文，也別輕視散文。散文比詩容易寫，但也須下一番功夫，才能寫好。不害怕，就敢下筆。一下筆，就發現了困難。有困難，就去克服！把散文寫好，我們便有了寫評論、報告、信札、小說、話劇等等的順手的工具了。寫好了散文，作詩也不會吃虧。散文很重要。

散文怎樣用詞造句 —— 老舍

我們今天的散文多數是用白話寫的。按說，這就不應當有多少困難。可是，我們差不多天天可以看到很不好的散文。這說明了散文雖然是用白話寫的，到底還有困難。現在，我願就我自己寫散文的經驗，提出幾點意見，也許對還沒能把散文寫好的人們有些幫助。

◆ **散文是用加工過的語言組織成篇的**

我們先說為什麼要用加工過的語言。散文雖然是用白話寫的，可並不與我們日常說話相同。我們每天要說許多的話。假若一天裡我們的每一句話都有過準備，想好了再說，恐怕到不了晚上，我們就已經疲乏不堪了。事實上，我們平

第一部分　文體寫作

　　常的話語多半是順口搭音說出的,並不字字推敲,語語斟酌。假若暗中有人用錄音機把我們一日之間的話語都記錄下來,然後播放給我們聽,我們必定會驚異自己是多麼不會講話的人。聽吧:這一句只說了半句,那一句根本沒說明白;這一句重複了兩回,那一句用錯了三個字;還有,說著說著沒有了聲音,原來是我們只端了肩膀,或吐了吐舌頭。

　　想想看,要是寫散文完全和我們平常說話一個樣,行嗎?一定不行。寫在紙上的白話必須加工細製,把我們平常說話的那些毛病去掉。我們要注意。

◆ 散文中的每個字都要用得適當

　　在我們平日說話的時候,因為沒有什麼準備,我們往往用錯了字。寫散文,應當字字都須想過,不能「大筆一揮」,隨它去吧。散文中的用字必求適當。所謂適當者,就是順著思路與語氣,該俗就俗,該文就文,該土就土,該野就野。要記住:字是死的,散文是活的,都看我們怎麼去選擇運用。字的本身沒有高低好壞之分,全憑我們怎給它找個最適當的地方,使它發生最大的效用。就拿「澄清」來說吧,我看見過這麼一句:「太陽探出頭來,霧慢慢給澄清了。」「澄清」本身原無過錯,可是用在這裡就出了岔子。霧會由濃而薄,由聚而散,可不會澄清。我猜:寫這句話的人可能是未加思索,隨便抓到「澄清」就用上去,也可能是心中早就喜愛「澄

清」,遇機會便非用上不可。前者是犯了馬虎的毛病,後者是犯了溺愛的毛病;二者都不對。

一句中不單重要的字要斟酌,就是次要的字也要費心想一想,甚至於用一個符號也要留神。寫散文是件勞苦的事,信口開河必定失敗。

◆ 選擇字與詞是為了造好句子

可是,有了適當的字,未必就有好句子。一句話本身須是一個完整的單位;同時,它必須與上下鄰句發生相成相助的關係。有了這兩重關係,造句的困難就不僅僅是精選好字所能克服的了。你看,就拿:「為了便於統制,就又奴役了知識分子。」這一句來說吧,它所用的字都不錯啊,可不能算是好句子——它的本身不完整,不能獨立地自成一單位。到底是「誰」為了便於統制,「誰」又奴役了知識分子啊?作者既沒交代清楚,我們就須去猜測,散文可就變成謎語了!

句子必須完整,完整的句子才能使人明白說的是什麼。句子要簡單,可是因為力求簡單而使它有頭無尾,或有尾無頭,也行不通。簡而整才是好句子。

造句和插花兒似的,單獨的一句雖好,可是若與鄰句配合不好,還是不會美滿;我們把幾朵花插入瓶中,不是要擺弄半天,才能滿意麼?上句不接下句是個大毛病。因此,我

第一部分　文體寫作

們不要為得到了一句好句子，便拍案叫絕，自居為才子。假若這一好句並不能和上下句做好鄰居，它也許發生很壞的效果。我們寫作的時候雖然是寫完一句再寫一句，可不妨在下筆之前，想出一整段兒來。胸有成竹必定比東一筆西一筆亂畫好得多。即使這麼做了，等到一段寫完之後，我們還須再加工，把每句都再仔細看一遍，看看每句是不是都足以幫助說明這一段所要傳達的思想與事實，看看在情調上是不是一致，好教這全段有一定的氣氛。不管句子怎麼好，只要它在全段中不發生作用，就是廢話，必須狠心刪去。肯刪改自己的文字的必有出息。

長句子容易出毛病，把一句長的分為兩三句短的，也許是個好辦法。長句即使不出毛病，也有把筆力弄弱的危險，我們須多留神。還有，句子本無須拖長，但作者不知語言之美，或醉心歐化的文法，硬把它寫得長長的，好像不寫長句，便不足以表現文才似的。這是個錯誤。一個作家必須會運用他的本國的語言，而且會從語言中創造出精美的散文來。假若我們把下邊的這長句：「不只是掠奪了人民的財富，一種物質上的掠奪；此外，更還掠奪了人民的精神上的食糧。」改為：「不只掠奪了人民的物質財富，而且搶奪了人民的精神食糧。」一定不會教原文吃了虧。

散文怎樣安排段落 —— 老舍

一篇文字的分段不是偶然的。一段是思想的或事實的一個自然的段落，少說點就不夠，多說點就累贅。一句可作一段，五十句也可作一段，句子可多可少，全看應否告一段落。寫到某處，我們會覺得已經說明了一個道理或一件事實，而且下面要改說別的了，我們就在此停住，作為一段。假若我們的思路有條有理，我們必會這麼適可而止地、自自然然地分段。反之，假若我們心中糊里糊塗，分段就不大容易，而拉不斷扯不斷，不能清楚分段的文章，必是糊塗文章。有適當的分段，文章才能清楚地有了起承轉合。有適當的分段，文章才能眉目清楚，雖沒有逐段加上小標題，而讀者卻彷彿看見了小標題似的。有適當的分段，讀者才能到地方喘一口氣，去消化這一段的含韞[33]。近來，寫文章的一個通病，就是到地方不願分段，而迷迷糊糊地寫下去。於是，讀者就因喘不過氣來，失去線索，感到煩悶，不再往下念。

寫完了一段，或幾段，自己朗讀一遍，是最有用的辦法。當我們在白紙上畫黑道兒的時候，我們只顧用心選擇了字眼，用心造句；我們的心好像全放在了紙上。及至自己朗讀剛寫好的文字的時候，我們才能發現：

---

[33] 含韞：同「含蘊」。

第一部分　文體寫作

　　紙上的文字只盡了述說的責任,而沒顧到文字的聲音之美與形象之美。字是用對了,但是也許不大好聽;句子造完整了,但是也許太短或太長,唸起來不順嘴。字句的聲音很悅耳了,但也許沒有寫出具體的形象,使讀者不能立刻抓到我們所描寫的東西。這些缺點是非用耳朵聽過,不能發現的。

　　不必要的新名詞與修辭不單沒有幫助我們使形象突出,反倒給形象罩上了一層煙霧。經過朗讀,我們必會把不必要的形容詞與虛字刪去許多,因而使文字挺脫結實起來。「然而」、「所以」、「徘徊」、「漣漪」,這類的字會因受到我們的耳朵的抗議而被刪去 —— 我們的耳朵比眼睛更不客氣些。耳朵聽到了我們的文字,會立刻告訴我們:這個字不現成,請再想想吧。這樣,我們就會把文字逐漸改得更現成一些。文字現成,文章就顯著清淺活潑,使讀者感到舒服,不知不覺地受了感化。

　　一段中的句子要有變化,不許一邊倒,老用一種結構。這在寫的時候,也許不大看得出來;趕到一朗讀,這個缺點即被發現。比如:「他是個做小生意的。他的眼睛很大。他的嘴很小。他不十分體面。」讀起來便不起勁,因為句子的結構是一順邊兒,沒有變化。假若我們把它們改成:「他是個做小生意的。大眼睛,小嘴,他不十分體面。」便顯出變化

生動來了。同樣的，一句之中，我們往往不經心地犯了用字重複的毛病，也能在朗讀時發現，設法矯正。例如：「他本是本地的人。」此語是講得通的，可是兩個「本」字究竟有點彆扭，一定不如「他原是本地的人」那麼好。

第一部分　文體寫作

第八章　日記

上午，得霽野從他家鄉寄來的信，話並不多，說家裡有病人，別的一切人也都在毫無防備的將被疾病襲擊的恐怖中；末尾還有幾句感慨。

經典範文

馬上日記（節選）

魯迅

六月二十六日晴。

上午，得霽野從他家鄉寄來的信，話並不多，說家裡有病人，別的一切人也都在毫無防備的將被疾病襲擊的恐怖中；末尾還有幾句感慨。

午後，織芳從河南來，談了幾句，匆匆忙忙地就走了，放下兩個包，說這是「方糖」，送你吃的，怕不見得好。織芳這一回有點發胖，又這麼忙，又穿著方馬褂，我恐怕他將要做官了。

開啟包來看時，何嘗是「方」的，卻是圓圓的小薄片，黃棕色。吃起來又涼又細膩，確是好東西。但我不明白織芳為

什麼叫它「方糖」，但這也就可以作為他將要做官的一證。

　　景宋說這是河南一處什麼地方的名產，是用柿霜做成的；性涼，如果嘴角上生些小瘡之類，用這一搽，便會好。怪不得有這麼細膩，原來是憑了造化的妙手，用柿皮來濾過的。可惜到他說明的時候，我已經吃了一大半了。連忙將所餘的收起，預備將來嘴角上生瘡的時候，好用這來搽。

　　夜間，又將藏著的柿霜糖吃了一大半，因為我忽而又以為嘴角上生瘡的時候究竟不很多，還不如現在趁新鮮吃一點。不料一吃，就又吃了一大半了。

魯迅

> 原名周樟壽，後改名周樹人，原字豫山，後改字豫才。著名文學家、思想家、革命家、民主戰士，中國現代文學的奠基人之一，新文化運動的重要參與者。主要作品有小說集《吶喊》、《彷徨》、《故事新編》，散文集《朝花夕拾》，散文詩合集《野草》等等。

名作賞析

　　本篇日記是魯迅於 1926 年創作的《馬上日記》中的一篇，收錄於魯迅先生的《華蓋集續編》中。

　　魯迅先生每天寫日記，他說日記是寫給自己看的。《馬

第一部分　文體寫作

上日記》這個名字的由來也很有趣。劉半農先生要編《世界日報》副刊，向魯迅先生索稿。魯迅先生於是道出一個文人最愛又最怕的事情，那便是──做文章。但如何能達到愛做文章呢？那便是：感想偶然來時，「一想到，馬上寫下來，馬上寄出去」，或者「如果寫不出，或者不能寫，馬上就收場」！

魯迅的日記文風簡潔明快，用字極為洗練、簡省。所記事件往來，極其客觀，很少有情感的因素。他的日記被現代人當作研究他當時所在社會的真實情況、文學界的真實情況以及他本人的真實情況的重要參考資料。

大師課堂

日記怎麼寫 ── 姜建邦

日記有幾個不同的名稱：有人稱它作「生命史記」，有人稱它作「一天的生活」。文豪魯迅很幽默地稱它為「夜記」，因為寫日記大都是在晚間。

許多人一生都有自己的日記，最著名的是俄國文豪托爾斯泰，他從二十一歲開始寫日記，直到他死的日子，其間有六十餘年，沒有間斷。政府後來把這些日記出版了厚厚的幾十冊，都是很可貴的材料。

曾國藩的日記雖然有太多道德氣味，但是對青年的修

第八章 日記

養,很有裨益,是中國近代最好的日記之一。

古今中外的文人,有許多以日記出名的。如德國的劇作家奚柏勒[34]、英國日記專家佩皮斯[35]、俄國的德歐留夫斯基[36]等都是。瑞士的海莫爾[37]的日記,是一部不朽的傑作,世界各國都有譯本。

奧國少女麗達的日記,是大家喜歡的讀物。她瞞著父母、姊姊,私下寫自己的日記,她並不想出版,所以寫得十分真實、有趣、動人。後來給人發現,代為出版。這部少女日記,博得許多讀者的好評。

在中國的文學作品中,也有許多日記,像魯迅的《馬上日記》、郁達夫的《日記九種》、清人李慈銘的《越縵堂日記》,都是值得一讀的。

日記除了可做文學作品欣賞以外,還有學術上、史地上、修養上、事務上等的功用。例如顧亭林[38]的《日知錄》是其畢生研究學術的記錄。梁啟超的《歐遊心影錄》裡面,有許多是很有趣的事情。像1919年2月記載英國國會的「阿達」[39],有下面的一段話:

---

[34] 即弗里德里希・黑貝爾(Christian Friedrich Hebbel)。
[35] 即山繆・皮普斯(Samuel Pepys)。
[36] 即費奧多爾・杜斯妥也夫斯基(Fyodor Dostoyevskiy)。
[37] 即亨利-佛雷德利・阿米爾(Henri-Frédéric Amiel)。
[38] 顧亭林:即顧炎武。
[39] 阿達:英文「order」的音譯,意思是「規則」。

第一部分　文體寫作

　　他們（指議員們）的「阿達」，每到議案表決時，先行搖鈴，隔兩分鐘搖一次，三次後會員都要齊集廊下，分立左右，以定可否。格翁（英國老政治家格蘭斯敦）正在洗澡（院內有浴室）。鈴響起來，換衣服萬趕不及。只得身披浴衣，頭戴高帽，飛奔出來，惹得哄堂大笑。

　　他們的「阿達」，尋常演說是光著頭的，唯有當表決鈴聲已響，臨時提出動議，那提出人必要戴高帽演說。有一回，格蘭斯敦提出這種動議，卻忘記戴帽。忽然前後左右都叫起「阿達」來。他找他的帽子又找不著，急忙忙把旁座的戴上。格翁是個有名的大腦袋，那高帽便像大冬瓜上頭放著個漱口盂，又是一場哄堂大笑。

　　像這種資料，在正經的記載裡是找不到的。梁啟超卻把它生動地寫在他的日記裡面。

　　日記又是策勵自我檢討的鞭子。

　　一天的工作完畢，行將休息之前，在肅靜的夜裡，把一天的工作做一次檢討，記載在日記裡，給自己的生命留下些痕跡，這是頗有意義的事情。並且我們的生活在檢點策勵之下才有進步，寫日記是最好的檢討方法。

　　我翻開自己舊日的日記，看見這樣的一段：

　　一次的偷懶引起了熱烈的勤謹。上星期六從編輯部回來的時候，沒有帶什麼工作，心裡很是難過──閒著是頂難過

第八章　日記

的事；又看見同事楊君在宿舍伏案譯稿，我心裡大受責備，責備我常忘記了自己的志願，為什麼星期六不做些心願的事？……此後當專心編譯，不必注意零碎的短文。做一件大事，比做十件百件小事都來得愉快。

（1940 年 2 月 27 日）

我又翻到在大學讀書時期的一天日記：

學期又開始了，當有一個新的起頭。下面是我改訂的自新譜：

生活方面：

(1)六點前起床，起床後做早禱。

(2)九點後入睡，入睡前寫日記。

(3)照預算用錢，無錢時不欠債。

處世方面：

(1)任對誰要謙卑，勿驕傲自恃。

(2)對自己要充實，勿自欺自誤。

(3)對公事要忠心，勿遷延偷懶。

學問方面：

(1)勤修學校課程。

(2)掘發宗教文學。

(3)增進英文能力。

第一部分　文體寫作

我又翻到某一天的日記，裡面儲存了這樣的一個思想：

「寧缺毋濫」是我最得意的一句生活指導，在我買物品時，沒有錢我寧可不買，有了錢就買好的；在我做事時，不喜歡做，就索性不做，要做就做得好些；在我讀書時，不願讀就不讀，要讀就讀得像個樣。我的做人有兩條路：一條是不做人，馬上結果這個生命；一條是好好地過一輩子，不空空地白占地土。

寫日記是我最喜歡的工作之一。我常勸人做兩件事：一件是多交朋友；一件是寫日記。朋友多，人生多有快樂；寫日記，生活常有改進。

怎樣來寫日記呢？有人這樣說：

日記並不是給他人看的大文章，所以你用不著小心謹慎地多所拘束和顧忌。你儘管大膽坦白，任性任意地寫下來就是。它幫助你記住了許多腦中裝不下的事情；它供給你種種過去生活的有趣味的回想；它使你胸中所鬱塞著的惱悶、煩躁、痛苦、快樂之情，發洩出來。要緊的是要真實、體貼、忠於自己的靈魂，萬萬不要裝腔作勢，擺出一副希望垂諸後世的虛偽的面孔。

日記的關鍵 —— 章衣萍

日記是文學的核心，是敘事文的礎石。初學作文的人，練習記日記是最好的方法。日記可記兩方面的事情：一是自己

的行為，一是自己讀書的心得。前者是關於道德方面的，後者是關於智識方面的。如曾國藩一生的日記，雖然也有很多道學氣可笑的，但他的平生事業文章，都可在他的日記中讀出來，是研究曾國藩的人必不可少的參考品。又如顧亭林的《日知錄》，是顧氏畢生研究學術有心得的記錄，價值非常重大。清人李慈銘的《越縵堂日記》，也是近代日記中的名作，惜卷帙浩繁，價值昂貴，印本甚少，近難買得。近人胡適之先生也記日記，在北京時，我曾讀了幾冊他的日記稿本，胡先生的思想與行為，在他的日記中是更靈活地表現出來了。

記日記時最要注意的，便是「真實不欺」，因為日記是「寫給自己看的」。我們應該不自欺。為什麼大家都喜歡讀《少女日記》呢？因為那日記的主角奧國少女麗達記日記時，並不曾想到發表。她是瞞著她的父母、姐姐偷著記的，所以記得十分真實、有趣、動人。世間也有專為出版而記日記的名人，但那樣「擺空架子」的東西，似流水帳一般，是毫無價值的。懂得英文的人，應該讀塞繆爾‧佩皮斯的日記，那是英國文學中最有趣、最有名的日記。

日記的種類 —— 夏丏尊

日記因人的境遇、職業不同，種類當然很多，但大體可別為兩種，一是隻記述行事的，一是記述內面生活的。在普

第一部分　文體寫作

通人的日記中，兩種時時相合。前者重事實方面，後者重心情方面。例如：

（1）晨某時起，到後園散步，早膳後赴學校。授課三小時。傍晚返寓。S君來談某事，夜接N自滬來信。燈下作覆書。閱新到雜誌。十時就寢。

（2）數日來的苦悶，依然無法自解。來客不少，可是都沒有興高采烈地接待他們。客散以後，一味只是懊惱，恨不得將案上的東西，擲個粉碎。天一夜，就蒙被睡了。

上面二例，前者是以行事為本位的，後者是以心情為本位的。兩者雖任人自由，沒有限制，但為練習文章計，應當注意這兩方面的調和；一味抒述內心生活，雖嫌空虛，然帳簿式的事實的排列，也實在沒有趣味。因此，最好的日記，是於記述事實之中，可以表現心情的做法。請看下例：

昨晚執筆到一點鐘；起來覺得有點倦懶。天仍寒雨，窗外桃花卻開了。H來談，知N已病故，不勝無常之感。忽然間N的往事，就成了全家談話的材料了。下午到校授課，夜仍譯《愛的教育》，只成千百字。

上例雖不佳，然可視為兩方調和的一例。中國古來，日記中很有可節取的文字；案頭現有《復堂日記》，摘錄一節如下：

第八章　日記

　　積雨旬日，夜見新月徘徊庭階，方喜晴而礎潤[40]如汗，雨意未已。二更猛雨，少選[41]勢衰，枕上閱洪北江《伊犁日記》、《天山客話》終卷。睡方酣，聞空樓雨聲密灑，霆雷如百萬軍聲，急起，已床床屋漏矣。兩炊許時，雷雨始息，重展衾枕，已黎明，是洪先生出關，車行三四十里時也。

　　這是清人譚復堂[42]日記的一節，可以做小品文[43]讀的。筆法雖與現代的不合，但對於實生活的忠實的玩味力和表現力，是可以為法的。

　　一個人每日的生活，必有幾事可記的。一日的日記，如果分析起來，實有幾個獨立的小品文[44]可成。通常日記，卻不必使每一事實都成小品文，只要使一日的日記全體為一小品文，或於其中含一小品文就夠了。上例就是於一日的日記中，含一小品文的。

　　日記的價值，可說的很多，練習文章，也是價值之一。因為日記是實生活的記錄，日記的文字，可以打破一切文字上的陳套；要做好日記，非體會吟味實生活不可。所以從日記去學小品文，是很適當的。

---

[40]　礎潤：地面返潮。
[41]　少選：一會兒。
[42]　譚復堂：即譚獻（西元1832～1901年），原名廷獻，字仲修，號復堂。
[43]　小品文：篇幅較小的文章，內容體裁不限。
[44]　參見講解小品文章節。

第一部分　文體寫作

一篇學生日記的修改 —— 夏丏尊

假如有這樣的一篇學生日記：

某月日，星期。

早晨，近處有一小孩被車子輾傷，門前大喧擾。我只在窗口望了一望，不忍近視。後來知道，這受傷的小孩是某家的獨子，送入病院以後，即受手術，但願能就醫好。

正預習著明日的功課，李君來了。乃相與共同預習。所預習的是英語。二人彼此猜測先生的發問，不覺都皺了眉。

午餐與李君談笑共食。

午後到李君家，適他家有親戚來，李君很忙，我就回來了。

傍晚無事。

燈下繼續預習畢，翻閱小說，至敲十一點鐘，始驚覺就寢。

先就第一節看，所記的是偶發事項，與自己無直接關係；似乎是可記可不記的材料。如果要記，應只用簡潔的詞句。不應這樣冗長。可改削如下：

早晨，有一個小孩在門口被車子輾傷。附近大喧擾。聽說就送入醫院去了。

這樣已夠，再改作如下，則更好：

早晨，有一個小孩在門口被車子輾傷，為之愴然。

「為之愴然」這是感情的語句。加入了可以表出當時的心情。這種表示感情的語句，要簡勁有餘情，能含蓄豐富才好。

再檢查第二節。這節中末句「皺了眉」，很好，但開端太允滯，宜改削如下：

正預習明日的英語，李君來了。乃相與共同預習。彼此猜測先生的發問，不覺皺了眉。

原文，「預習」兩見，「所預習的是引文」，是無謂的說明。改作如上，就比較妥當了。

第三節無病。第四節「他家有親戚來」云云，也與自己無關係，可省略，改如下：

午後因送李君，順便一到他家就歸。

第五節的「傍晚無事」全是廢話；無事，無事就是了，何必宣告呢？當全刪。

第六節無病；末句能表出情味，不失為佳句。

改後的日記：

某月日，星期。

早晨，有一個小孩在門口被車子輾傷，為之愴然。

正預習明日的英語,李君來了。乃相與共同預習。彼此猜測先生的發問,不覺皺了眉。

　　午後因送李君,順便一到他家就歸。

　　燈下繼續預習畢,翻閱小說,至敲十一點鐘,始驚覺就寢。

第九章　書信

園丁以血淚灌溉出來的花朵遲早得送到人間去讓別人享受，可是在離別的關頭怎麼免得了割捨不得的情緒呢？

經典範文

傅雷家書（節選）

傅雷

聰：

車一開動，大家全變成了淚人兒，呆呆地直立在月臺上，等到冗長的列車全部出了站方始轉身。出站時沈伯伯再三勸慰我。但回家的三輪車上，個個人都止不住流淚。敏一直抽抽噎噎。昨天一夜我們都沒好睡，時時刻刻驚醒。今天睡午覺，剛剛矇矓闔眼，又是心驚肉跳地醒了。昨夜月臺上的滋味，多少年來沒嘗到了，胸口抽痛，胃裡難過，只有從前失戀的時候有過這經驗。今兒一天好像大病之後，一點勁都沒得。媽媽隨時隨地都想哭 —— 眼睛已經腫得不像樣了，乾得發痛了，還是忍不住要哭。只說了句「一天到晚堆著笑臉」，她又嗚咽不成聲了。真的，孩子，你這一次真是「一天

到晚堆著笑臉」！教人怎麼捨得！老想到五三年正月的事，我良心上的責備簡直消釋不了。孩子，我虐待了你，我永遠對不起你，我永遠補贖不了這種罪過！這些念頭整整一天沒離開過我的頭腦，只是不敢向媽媽說。人生做錯了一件事，良心就永久不得安寧！真的，巴爾札克說得好：有些罪過只能補贖，不能洗刷！

十八日晚

昨夜一上床，又把你的童年溫了一遍。可憐的孩子，怎麼你的童年會跟我的那麼相似呢？我也知道你從小受的挫折對於你今日的成就並非沒有幫助；但我做爸爸的總是犯了很多很重大的錯誤。自問一生對朋友對社會沒有做什麼對不起的事，就是在家裡，對你和媽媽做了不少有虧良心的事。這些都是近一年中常常想到的，不過這幾天特別在腦海中盤旋不去，像噩夢一般。可憐過了四十五歲，父性才真正覺醒！

今兒一天精神仍未恢復。人生的關是過不完的，等到過得差不多的時候，又要離開世界了。分析這兩天來精神的波動，大半是因為：我從來沒愛你像現在這樣愛得深切，而正在這愛得最深切的關頭，偏偏來了離別！這一關對我、對你媽媽都是從未有過的考驗。別忘了媽媽之於你不僅僅是一般的母愛，而尤其因為她為了你花的心血最多，為你受的委屈 —— 當然是我的過失 —— 最多而且最深最痛苦。園丁以血淚灌溉出來的花朵遲早得送到人間去讓別人享受，可是在離別的關頭怎麼免得了割捨不得的情緒呢？

第九章　書信

　　跟著你痛苦的童年一齊過去的，是我不懂做爸爸的藝術的壯年。幸虧你得天獨厚，任憑如何打擊都摧毀不了你，因而減少了我一部分罪過。可是結果是一回事，當年的事實又是一回事：儘管我埋葬了自己的過去，卻始終埋葬不了自己的錯誤。孩子！孩子！孩子！我要怎樣地擁抱你才能表示我的悔恨與熱愛呢！

十九日晚

信件寫於 1954 年 1 月 18 日至 19 日

傅雷

> 字怒安，號怒庵。翻譯家、作家、教育家、美術評論家，中國民主促進會的重要締造者之一。主要作品有《傅雷家書》，譯著有《約翰・克利斯朵夫》、《夏倍上校》、《人間喜劇》等。

名作賞析

　　1954 年，傅雷的長子傅聰留學波蘭，《傅雷家書》就寫於這一時期（1954 年至 1966 年），內容多是傅雷與其子的書信。

　　本文是傅雷所寫的第一封信，表達了與兒子離別的哀愁，及對自己曾經嚴厲行為的深深懺悔。在當時的社會背景下，傅雷誠摯的道歉和對孩子真摯的呼喚，衝破了傳統文化

111

第一部分　文體寫作

沉重的藩籬，跨越了父與子之間的鴻溝。這篇書信表達了父親對兒子難以割捨的親情、父愛的深厚，也讓人感受到傅雷率真、坦誠的人格。

大師課堂

什麼是書信 —— 章衣萍

書信是最能夠表現作者人格的文字，書信可以說理，可以言情，但多數是敘事。古人的書信中如宋代的蘇東坡、黃庭堅，唐代的李白、白居易，清代的鄭板橋等人，均有許多很可愛的書信。書信最重要的是直寫性情，如曾國藩的書信便多裝假架子，不是很好。中國人的家信寫得好的不多。家長的地位太高了，小一輩子寫信大都戰戰兢兢，嚇得什麼話也不敢說了。近年來這種地位的尊嚴的濫調漸漸打破了，家信也寫得好起來了。近人冰心女士的《寄小讀者》很可看。冰瑩女士的《從軍日記》也是用信的體裁寫的，也很可看。

書信的溫情 —— 姜建邦

「接到一封信，和來了個客。是同樣令人歡喜的。尤其是沒有特別事情而敘敘閒情的信，或是無所求於我而來談天的客人的時候是這樣的。」一個最會領略人生趣味的文人這樣說。

第九章　書信

　　是的，郵差來的時候，往往是我們最興奮的時候，遠隔萬里，有聲音輕輕地從紙上傳來，使我們的心溫暖。我們牽記的事，它會使我們放心；我們繫念的人，它會使我們得到安慰。所以伏爾泰說：「書信是人生的安慰。」

　　在我們覺得苦悶、灰心、消極、失意的時候，一封信會再挑起我們的熱情，送給我們希望，使我們從要瞌睡的狀態下抬起了頭，打起了精神。只要世間有綠衣人[45]存在，人們就不會失去了熱誠。

　　人是感情的動物，書信是感情的作品。在書信裡面的感情是飽和的，最能動人。多少人因為一封書信解決了他們的問題。〈陳情表〉是我們熟識的一封信。當時李密因為要服侍祖母不肯出外為官，但官府屢次派人來催，使李密無法應付。最後他寫了這封信呈給皇帝，皇帝讀了大受感動，答應了李密的要求，並且另外派兩位女僕幫助他服侍祖母，命令郡縣的兵保護他。一封書信有這樣大的力量。

　　拿破崙是一位蓋世英雄，沒有人能改變他的主意，只有約瑟芬的情書能牽動他的行止。

　　文章是給「他」讀的，日記是給「我」讀的，只有書信是給「你」讀的，所以讀來特別親切有味。一個人是孤單冷清，三個人便勾心鬥角，產生小黨派，只有兩個人可以彼此互

---

[45]　綠衣人：指郵差。

助，凡事商量，容易過和諧的生活。所以朋友的「朋」字是兩個人，友好的「好」字是一子一女。多了就要發生問題。中國字的構造是很有意思的。

和朋友敘談是人生一大樂事。但是朋友的相會有時和地的限制，書信便打破了這個難關，使我們可以在紙上談心。郵局裡每天收到的信件，傳遞的都是朋友的心情。

中國人的書函往來，常具藝術的風韻。信箋的圖案，信紙的線條，都是顏色清淡秀麗，文筆也是大有考究。這些書信現在成了珍貴的藝術品，像字畫一樣地為人看重。

近代更有許多蒐集古人書簡的，像前幾年就曾有位叫鄭逸梅的人，在上海南京路大新公司四樓主辦過書簡展覽會。美國摩根是世界聞名的書信收藏家，他的成績，已被推許為天下的偉觀了。

近代寫信的方法，完全失去了書信的美。松墨變為鋼筆，書寫變為打字，這種機械的文明，抹殺了古代的藝術文明，使我們的生活過於落寞寂寥。所以鶴見祐輔主張，我們若是在繁忙的世代，偷半日清閒，寫封筆端生風似的信札，也是一件暢懷的快事。

第十章　遊記

上了車，一路樹木帶著宿雨，綠得發亮，地下只有一些水塘，沒有一點塵土，行人也不多。又靜，又乾淨。

經典範文

松堂遊記

朱自清

去年夏天，我們和 S 君夫婦在松堂住了三日。難得這三日的閒，我們約好了什麼事不管，只玩兒，也帶了兩本書，卻只是預備閒得真沒辦法時消消遣的。

出發的前夜，忽然雷雨大作。枕上頗為悵悵，難道天公這麼不作美嗎！第二天清早，一看卻是個大晴天。上了車，一路樹木帶著宿雨，綠得發亮，地下只有一些水塘，沒有一點塵土，行人也不多。又靜，又乾淨。

想著到還早呢，過了紅山頭不遠，車卻停下了。兩扇大紅門緊閉著，門額是臺灣清華大學西山牧場。拍了一會兒門，沒人出來，我們正在沒奈何，一個過路的孩子說這門上了鎖，得走旁門。旁門上掛著牌子「內有惡犬」。小時候最怕

狗，有點趔趄[46]。門裡有人出來，保護著進去，一面吆喝著汪汪的群犬，一面只是說「不礙不礙」。

過了兩道小門，真是豁然開朗，別有天地。一眼先是亭亭直上，又剛健又婀娜的白皮松。白皮松不算奇，多得好，你擠著我我擠著你也不算奇，疏得好，要像住宅的院子裡，四角上各來上一棵，疏不是？誰愛看？這裡就是院子大得好，就是四方八面都來得好。中間便是松堂，原是一座石亭子改造的，這座亭子高大軒敞，對得起那四圍的松樹，大理石柱，大理石欄杆，都還好好的，白，滑，冷。白皮松沒有多少影子，堂中明窗淨几，坐下來清清楚楚覺得自己真太小。在這樣高的屋頂下。樹影子少，可不熱，廊下端詳那些松樹靈秀的姿態，潔白的皮膚，隱隱的一絲兒涼意便襲上心頭。

堂後一座假山，石頭並不好，堆疊得還不算傻瓜。裡頭藏著個小洞，有神龕，石桌，石凳之類。可是外邊看，不仔細看不出，得費點心去發現。假山上滿可以爬過去，不頂容易，也不頂難。後山有座無梁殿，紅牆，各色琉璃磚瓦，屋脊上三個瓶子，太陽裡古豔照人。殿在半山，巋然獨立，有俯視八極氣象。天壇的無梁殿太小，南京靈谷寺的太黯淡，又都在平地上。山上還殘留著些舊碉堡，是乾隆打金川時在西山練健銳雲梯營用的，在陰雨天或斜陽中看最有味。又有座白玉石牌坊，和碧雲寺塔院前那一座一般，不知怎樣，前

---

[46] 趔趄：腳步不穩。

年春天倒下了,看著怪不好過的。

可惜我們來的還不是時候,晚飯後在廊下黑暗裡等月亮,月亮老不上,我們什麼都談,又賭背詩詞,有時也沉默一會兒。黑暗也有黑暗的好處,松樹的長影子陰森森的有點像鬼物拿土。但是這麼看的話,松堂的院子還差得遠,白皮松也太秀氣,我想起郭沫若君〈夜步十里松原〉那首詩,那才夠陰森森的味兒——而且得獨自一個人。好了,月亮上來了,卻又讓雲遮去了一半,老遠地躲在樹縫裡,像個鄉下姑娘,羞答答的。從前人說:「千呼萬喚始出來,猶抱琵琶半遮面。」真有點兒!雲越來越厚,由他罷,懶得去管了。可是想,若是一個秋夜,刮點西風也好。雖不是真松樹,但那奔騰澎湃的「濤」聲也該得聽吧。

西風自然是不會來的。臨睡時,我們在堂中點上了兩三支洋蠟。怯怯的焰子讓大屋頂壓著,喘不出氣來。我們隔著燭光彼此相看,也像蒙著一層煙霧。外面是連天漫地一片黑,海似的。只有遠近幾聲犬吠,教我們知道還在人間世裡。

朱自清

原名自華,號秋實,後改名自清,字佩弦。中國現代著名散文家、詩人、學者。主要作品有《蹤跡》、《背影》、《歐遊雜記》、《倫敦雜記》等。

第一部分　文體寫作

名作賞析

《松堂遊記》記敘的是作者在遊覽松堂過程中的所見所感。全文僅一千多字，然而文章透過情景交融的手法，讓讀者有身臨其境之感，令人無限神往。

文章語言簡練自然，脈絡清楚，布局精巧，用簡潔的語言表達出豐富的思想和內涵。作者還用了對比的手法，化平實為空靈。例如用「行人也不多，又靜，又乾淨」來描寫環境的幽靜，又用「一面吆喝著汪汪的群犬，一面只是說『不礙不礙』」與之進行對照，突出了環境的靜謐和空靈。

大師課堂

為什麼要寫遊記 —— 章衣萍

遊歷是很重要的。古人曾說：「太史公遊歷海內名山大川，故為文有奇氣。」所以「讀萬卷書，走萬里路」，是古代文人傳為美談的。歐西文人嘉勒爾[47]（Carlyle）將人們分為三種，說：「第三流的人物，是誦讀者；第二流的人物，是思索者；第一流最偉大的人物，是閱歷者。」（參看鶴見祐輔

---

[47] 湯瑪斯・卡萊爾（Thomas Carlyle），蘇格蘭評論、諷刺作家、歷史學家。其作品在維多利亞時代甚具影響力。

第十章　遊記

《思想‧山水‧人物》二百七十頁，魯迅譯）那簡直以「走萬里路」比「讀萬卷書」還有價值而且重要了。我的朋友孫伏園君，也是喜歡遊歷的，他曾說：「留學生未出國以前，最好先在本國各省旅行一遍，認清楚自己的本國，然後再看旁人國裡的事情，比較更有趣味。」這也是很有意義的話。但旅行而不寫遊記，走馬看花，也毫無益處。試看中國留學歐美、日本的人那麼多，但關於歐美、日本的有價值的遊記一本也沒有。許多的留學生都是糊塗而去，糊塗而來，在外國吃麵包、找朋友罷了！

但遊記的性質也因作遊記人的趣味而不同。有的人旅行為著鑑賞風物，這是文學家的旅行。有的人旅行為著觀察社會，這是哲學家的旅行。

遊歷是有益於學問的。但我們學文學的人，遊歷時大概喜歡欣賞風景。可是好風景正同雲煙一般，一瞥即過。所以袋裡應該帶一本簿子，無論是風俗，是人情，是風景，有趣味的都可以記下來。我們應該提倡帶了簿子去遊歷。

我的朋友孫氏兄弟的《伏園遊記》[48]及《山野掇拾》（孫福熙著）都是很好的，很可看。古人遊記中《徐霞客遊記》（丁文江校點本）也是很好的，可說是中國第一部記遊歷的書。懂得英文的人，華盛頓‧歐文（Washington Irving）的《見聞

---

[48]　《伏園遊記》：由孫伏園著。

雜記》，是很可看的。又如威爾斯（H. G. Wells）的《近代烏托邦》[49] 及《如神的人們》[50] 也可看，在那些著作中可看出威爾斯的旅行熱的心情的，並且帶在遊歷的路上看，也很有趣味。

從觀察到文字 —— 夏丏尊

觀察第一要件在真實，觀察力若尚未養成，所想像的也難免不合實際。如畫家然，必先從摹寫實物人體入手，熟悉各種形態、骨骼、筋肉的變化，然後可從事創作。

但眼前的材料很多，從哪裡觀察起呢？這本不成問題，所以發生這疑問，實由於著手就想創作名文。老實說，名文並不是一蹴可就的。在初時，最好就部分的、平凡事物中蒐集材料，逐漸製作，漸漸地自會熟達，成近於名文的文字。文字的好壞，本不在材料的性質，而在表現的技能。善烹調的，無論用了怎樣平常的原料，也能做出可口的餚饌來。世上森羅永珍，一入能文者的筆端就都成了好文章了。

無論什麼材料都可用，只要觀察仔細了，把它寫出來，就成文字；這樣說法，作文不是很容易的嗎？其實，這是大大的難事。寫出原是容易，但要將自己所觀察得的，依樣傳

---

[49] 又譯《現代烏托邦》。
[50] 即 *Men Like Gods*。

給別人,使別人也起同樣的心情,這卻很難;並且不如此,文字就沒了意義了。

現在試示一二作例吧:

假定我們觀察春日的田野,在筆記本上,得到下列的材料:

(1)草青青地長著,草上有兩個蝴蝶在那裡翩翩飛舞,一隻是黃蝴蝶,一隻是白蝴蝶。

(2)小川潺潺流著,水面被日光反射成銀白色。

(3)遠遠的樹林,暈成紫色,其上飄著蓬蓬的白雲。

(4)兩個老鷹在空中迴旋,不時落近到地面來。

(5)溫風吹在身上,日頭照在頭上,藉草坐了,竟想睡去,我不禁立了唱起歌來了。

材料有了,更要把這材料連綴起來成文字。那麼怎樣連綴呢?先就全體材料的性質考察:草——蝴蝶——小川——樹林——雲——老鷹——溫風——日光。這裡面,樹林和雲是遠景,老鷹也比較的不近,草、蝴蝶、小川是和作者最相近的。照普通的順序,先說近的,後說遠的,原來的排列,似乎也沒打錯。但依原形連綴攏來,究竟不成文章:第一,接合不穩;第二,詞句未淨。

(1)句雖明瞭,但是不乾淨,多冗詞。「草」「草上」「兩

第一部分　文體寫作

個蝴蝶」「黃蝴蝶」「白蝴蝶」相同的名詞疊出，文趣不好；應改削如下：

青青的草上，有黃白二蝶翩翩飛舞。

這樣就夠了。(2)沒有什麼可刪的，原形也可用。不過突然與(1)連線，文有點不合拍。如果加入一句「草的盡處」，連線起來就不突兀，並且景色也較能表出。

其次是(3)和(4)了。這二者要互易順序，景物才能統一，為了與上文連線及表出春日的心情起見，加上一句「抬起倦眼仰望」，更得情味。其餘一仍其舊，將全體連綴起來如下：

青青的草上，有黃白二蝶翩翩起舞。草的盡處，小川潺潺流著，水面被日光反射成銀白色。

抬起倦眼仰望，兩個老鷹在空中迴旋，不時落近在地面來。遠處的樹林，暈成紫色，其上飄著蓬蓬的白雲。

溫風吹在身上，日光照在頭上，藉草坐了。竟想睡去，我不禁立了唱起歌來了。

這樣，文雖不工，但繁詞已去，連線也無大病，春野的景色，春日的情感，已能表出若干了。

遊記怎樣分段 —— 夏丏尊

文字的分段,和句段性質一樣,同是表示區劃的。最小的區劃是逗,其次是句,再其次是段。有時還有空一行另寫,表示比段更大的區劃的。

分段不但使文字易讀,且使文字有序不紊。分段有長有短,原視人而不同,但大體也有一定的標準,就是要每段自成一段落。用前節的例來說:

青青的草上,有黃白二蝶翩翩起舞。草的盡處,小川潺潺流著,水面被日光反射成銀白色。

抬起倦眼仰望,兩個老鷹在空中迴旋,不時落近在地面來。遠處的樹林,暈成紫色,其上飄著蓬蓬的白雲。

溫風吹在身上,日光照在頭上,藉草坐了。竟想睡去,我不禁立了唱起歌來了。

這文是分作三段寫成的。第一段著眼近處,第二段著眼遠處,兩不相同,所以換行另寫。第三段是心情的抒述,和前兩段敘述事物的又不同,所以再別做一段。換一著眼點,就把文字分段,這是普通的標準。

所要注意的,就是標準只是相機而定的。例如上文第一段,所包含的事物有草、蝶、小川三項,如果在全文描寫精細,不這樣簡單的時候,那麼由草而蝶,由蝶而小川,都可

第一部分　文體寫作

說是著眼點的更換,就都應分段了(下面兩段也是這樣)。上文所以合為一段,一因文字簡單,二因所寫的都是近景的緣故。

分段還有把每段特別提出的意思,能使分出的文字增加強度。有時,往往因為要想使某文句增加強度,特意分行寫列的。試看下例:

K君從車窗探出頭來說「再會」。我也說了聲「再會」,不覺聲音發顫了。K君也把眼圈紅了起來。汽笛威嚇似的一作聲,車就開動。我目送那車的移行,不久被樹林遮阻,眼前只留著一片的原野。

啊!K君終於去了。

我不覺要哭起來了。

這文末二句原可併為一段的,卻作二行寫著。分段以後,語氣加強,連全文都加了強度了。能適當分段,也是文章技巧之一,但須入情合理,不可無謂妄飾。

第十一章　詩歌

　　我的記憶是忠實於我的，忠實甚於我最好的友人……在一切有靈魂沒有靈魂的東西上，它在到處生存著，像我在這世界一樣。

經典範文

我的記憶

戴望舒

我的記憶是忠實於我的，
忠實甚於我最好的友人。

它生存在燃著的菸捲上，
它生存在繪著百合花的筆桿上，
它生存在破舊的粉盒上，
它生存在頹垣的木莓上，
它生存在喝了一半的酒瓶上，
在撕碎的往日的詩稿上，在壓乾的花片上，

第一部分　文體寫作

在淒暗的燈上，在平靜的水上，
在一切有靈魂沒有靈魂的東西上，
它在到處生存著，像我在這世界一樣。

它是膽小的，它怕著人們的喧囂，
但在寂寥時，它便對我來作密切的拜訪。
它的聲音是低微的，
但它的話卻很長，很長，
很長，很瑣碎，而且永遠不肯休；
它的話是古舊的，老講著同樣的故事，
它的音調是和諧的，老唱著同樣的曲子，
有時它還模仿著愛嬌的少女的聲音，
它的聲音是沒有氣力的，
而且還挾著眼淚，夾著太息。

它的拜訪是沒有一定的，
在任何時間，在任何地點，
時常當我已上床，朦朧地想睡了；
或是選一個大清早，
人們會說它沒有禮貌，

但是我們是老朋友。

它是瑣瑣地永遠不肯休止的，
除非我悽悽地哭了，
或者沉沉地睡了，
但是我永遠不討厭它，
因為它是忠實於我的。

戴望舒

> 名承，字朝安。中國現代派象徵主義詩人、翻譯家。曾經和杜衡、張天翼和施蟄存等人創辦《蘭友》旬刊。主要作品有小說《債》、《賣藝童子》、《母愛》，詩歌〈雨巷〉、〈我的記憶〉等。

名作賞析

〈我的記憶〉寫於 1927 年大革命失敗以後。

這首詩構思奇特，將抽象的記憶形象化，作為獨立於人的有生命的存在。透過「我」與「記憶」間忠實關係的描寫，表現了詩人在現實生活中苦悶、哀怨與迷茫的情緒。作者使用了以散文入詩的創作方法，開創了詩歌新的創作方式。雖

第一部分　文體寫作

用詞口語化，卻不影響詩人感情的傳遞，讓讀者感受到詩中的憂傷和哀怨。作者在詩中賦予「記憶」以人的感情，隱藏了自己的感情，是這首詩最大的藝術魅力。

大師課堂

寫詩究竟是怎麼一回事 —— 林徽因

　　寫詩，或可說是要抓緊一種一時閃動的力量，一面跟著潛意識浮沉，摸索自己內心所縈迴，所著重的情感 —— 喜悅，哀思，幽怨，戀情，或深，或淺，或纏綿，或熱烈，又一方面順著直覺，認識，辨味，在眼前或記憶裡官感所觸遇的意象 —— 顏色，形體，聲音，動靜，或細緻，或親切，或雄偉，或詭異；再一方面又追著理智探討，剖析，理會這些不同的性質，不同分量，流轉不定的情感意象所互相融會，交錯策動而發生的感念；然後以語言文字（運用其聲音意義）經營，描畫，表達這內心意象，情緒，理解在同時間或不同時間裡，適應或矛盾的所共起的波瀾。

　　寫詩，或又可說是自己情感的，主觀的，所體驗了解到的；和理智的客觀的所體察辨別到的，同時達到一個程度，騰沸橫溢，不分賓主地互相起了一種作用，由於本能的衝動，憑著一種天賦的興趣和靈巧，駕馭一串有聲音，有圖

第十一章　詩歌

畫，有情感的言語，來表現這內心與外物息息相關的聯繫，及其所發生的悟理或境界。

寫詩，或又可以說是若不知其所以然的，靈巧的，誠摯的，在傳譯給理想的同情者，自己內心所流動的情感穿過繁複的意象時，被理智所窺探而由直覺與意識分著記取的符籙！一方面似是慘淡經營——至少是專誠致意，一方面似是借力於平時不經意的準備，「下筆有神」的妙手偶然拈來；忠於情感，又忠於意象，更忠於那一串剎那間內心整體閃動的感悟。

寫詩，或又可說是經過若干潛意識的醞釀，突如其來的，在生活中意識到那麼湊巧的一頃刻小小時間；湊巧的，靈異的，不能自已的，流動著一片濃摯或深沉的情感，斂聚著重重繁複演變的情緒，更或凝定入一種單純超卓的意境，而又本能地迫著你要刻劃一種適合的表情。這表情積極的，像要流淚嘆息或歌唱歡呼，舞蹈演述；消極的，又像要幽獨靜處，沉思自語。換句話說，這兩者合一，便是一面要天真奔放，熱情地自白去邀同情和了解，同時又要寂寞沉默，孤僻地自守來保持悠然自得的完美和嚴肅！

在這一個湊巧的一頃刻小小時間中（著重於那湊巧的），你的所有直覺，理智，官感，情感，記性和幻想，獨立的及互動的都迸出它們不平常的銳敏，緊張，雄厚，壯

129

闊及深沉。在它們潛意識的流動——獨立的或互動的融會之間——如出偶然而又不可避免地湧上一閃感悟,和情趣——或即所謂靈感——或是親切的對自我得失悲歡;或遼闊的對宇宙自然;或智慧的對歷史人性。這一閃感悟或是混沌朦朧,或是透澈明晰。像光同時能照耀洞察,又能揣摩包含你的所有已經嘗味,還在嘗味,及幻想嘗味的「生」的種種形色質量,且又活躍著其間錯綜重疊於人於我的意義。

這感悟情趣的閃動——靈感的腳步——來得輕時,好比潺潺清水婉轉流暢,好比自然的洗滌,浸潤一切事物情感,倒影映月,夢殘歌罷,美感的旋起一種超實際的權衡輕重,可抒成慷慨纏綿千行的長歌,可留下如幽咽微嘆般的三兩句詩詞。愉悅的心聲,輕靈的心畫,常如啼鳥落花,輕風滿月,夾雜著情緒的繽紛;淚痕巧笑,奔放輕盈,若有意若無意地遺留在各種言語文字上。

但這感悟情趣的閃動,若激越澎湃來得強時,可以如一片驚濤飛沙,由大處見到纖微,由細弱的物體看它變動,宇宙人生,幻若苦謎。一切又如經過烈火燃燒錘鍊,分散,減化成為淨純的茫焰氣質,升出所有情感意象於空幻,神祕,變移無定,或不減不變絕對,永恆的玄哲境域裡去,卓越隱奧,與人性情理遙遠的好像隔成距離。身受者或激昂通達,或禪寂淡遠,將不免掙扎於超情感,超意象,乃至於超言

語，以心傳心的創造。隱晦迷離，如禪偈玄詩，便不可制止地託生在與那幻想境界幾不適宜的文字上，估定其生存權。

……

總而言之，天知道究竟寫詩是怎麼一回事。在寫詩的時候，或者是「我知道，天知道」；到寫了之後，最好學 Browning[51]不避嫌疑的自譏，只承認「天知道」，天下關於寫詩的筆墨官司便都省了。

我們僅聽到寫詩人自己說一陣奇異的風吹過，或是一片澄清的月色，一個驚訝，一次心靈的振盪，便開始他寫詩的嘗試，迷於意境文字音樂的搏鬥，但是究竟這靈異的風和月，心靈的振盪和驚訝是什麼？是不是仍為那可以追蹤到內心直覺的活動；到潛意識後面那綜錯交流的情感與意象；那意識上理智的感念思想；以及要求表現的本能衝動？靈異的風和月所指的當是外界的一種偶然現象，同時卻也是指它們是內心活動的一種引火線。詩人說話沒有不打比喻的。

我們根本早得承認詩是不能脫離象徵比喻而存在的。在詩裡情感必依附在意象上，求較具體的表現；意象則必須明晰地或沉著地，恰適地烘托情感，表徵含義。如果這還需要解釋，常識的，我們可以問：在一個意識的或直覺的，官感，

---

[51] 羅伯特·白朗寧（Robert Browning），英國維多利亞時代詩人，著有詩集《男男女女》（*Men and Women*）、《劇中人物》（*Dramatis Personae*）等。

第一部分　文體寫作

情感，理智，同時並重的一個時候，要一兩句簡約的話來代表一堆重疊交錯的外象和內心情緒思想所發生的微妙的聯繫，而同時又不失卻原來情感的質素分量，是不是容易或可能的事？一個比喻或一種象徵在字面或事物上可以極簡單，而同時可以帶著字面事物以外的聲音顏色形狀，引起它們與其他事關係的聯想。這個辦法可以多方面地來輔助每句話確實的含義，而又加增官感情感理智每方面的刺激和滿足，道理甚為明顯。

無論什麼詩都從不會脫離過比喻象徵，或比喻象徵式的言語。詩中意象多不是尋常純客觀的意象。詩中的雲霞星宿，山川草木，常有人性的感情，同時內心人性的感觸反又變成外界的體象，雖簡明淺現隱奧繁複各有不同的。但是詩雖不能缺乏比喻象徵，象徵比喻卻並不是詩。

詩的泉源，上面已說過，是意識與潛意識地融會交流錯綜的情感意象和概念所促成；無疑地，詩的表現必是一種形象情感思想合一的語言。但是這種語言，不能僅是語言，它又須是一種類似動作的表情，這種表情又不能只是表情，而須是一種理解概念的傳達。它同時須不斷傳譯情感，描寫現象詮釋感悟。它不是形體而須創造形體顏色；它是音聲，卻最多僅要留著長短節奏。最要緊的是按著疾徐高下，和有限的鏗鏘音調，依附著一串單獨或相聯的字義上邊；它須給直

第十一章　詩歌

覺意識，情感理智，以整體的快愜。

　　因為相信詩是這樣繁難的一列多方面條件的滿足，我們不能不懷疑到純淨意識的，理智的，或可以說是「技術的」創造——或所謂「工」之絕無能為。詩之所以發生，就不叫它做靈感的來臨，主要的亦在那一閃力量突如其來，或靈異的一剎那的「湊巧」，將所有繁複的「詩的因素」都齊集薈萃於一俄頃偶然的時間裡。所以詩的創造或完成，主要亦當在那靈異的，湊巧的，偶然的活動一部分屬意識，一部分屬直覺，更多一部分屬潛意識的，所謂「不以文而妙」的「妙」。理智情感，明晰隱晦都不失之過偏。意象瑰麗迷離，轉又樸實平淡，像是紛紛紜紜不知所從來，但飄忽中若有必然的緣素可尋，理解玄奧繁難，也像是紛紛紜紜莫名所以。但錯雜裡又是斑駁分明，情感穿插聯繫其中，若有若無，給草木氣候，給熱情顏色。一首好詩在一個會心的讀者前邊有時真會是一個奇蹟！但是傷感流麗，鋪張的意象，塗飾的情感，用人工連綴起來，疏忽地看去，也未嘗不像是詩。故作玄奧淵博，顛倒意象，堆砌起重重理喻的詩，也可以赫然驚人一下。

　　寫詩究竟是怎麼一回事，真是唯有天知道得最清楚！讀者與作者，讀者與讀者，作者與作者關於詩的意見，歷史告訴我傳統的是要永遠地差別分歧，爭爭吵吵到無盡時。因為

第一部分　文體寫作

老實地說，誰也仍然不知道寫詩是怎麼一回事的，除卻這篇文字所表示的，勉強以抽象的許多名詞，具體的一些比喻來捉摸描寫那一種特殊的直覺活動，獻出一個極不能令人滿意的答案。

從詩的本質了解如何寫詩 —— 老舍

詩的本質到底是什麼呢？我想應該這麼說：第一，詩中須有想，而且不是平凡的人云亦云的思想；詩中所要表達與傳播的是崇高的、進步的、闡明真理的思想。一個詩人也必是個思想家。第二，詩中須有感情，而且是高偉深厚豐富的感情，不是泛泛的不疼不癢的一點傷感。一個詩人也必是個熱愛人生，擁護真理，反抗壓迫，疾惡如仇，見義勇為，是非分明，愛憎分明的熱心腸的人。第三，專憑思想與感情還不行。詩人必須還有本領把思想與感情用最美妙最動人的語言表達出來，憑這表達方法使人感動，使人欲罷不能地歌詠讚嘆，接受他的教訓。這樣，一首好詩就必是有崇高思想感情的和語言的精華的作品；這作品使人喜愛，使人驚嘆，使人不忍釋手地反覆吟詠，使人手舞足蹈地受到感染。

這麼說來，詩不是就很難作了呢？是呀，詩的確很難作！請看看，全世界多少年來可有幾個杜甫，幾個普希金，幾個莎士比亞呢？

那麼，我們就不要學作詩了麼？不該這樣說！我們還是應該學作詩，不過要知道其中的難處，以免一試不成，就灰心喪氣；也免得存著僥倖心，只從皮毛上去學習，以為知道了某種形式就能做出某體的詩來。學會作詩可不那麼簡單！看吧，古代詩人用「嘔心瀝血」，用「語不驚人死不休」來說明作詩的艱苦。這些話並非故意誇大，而是表明詩人的創作決心與責任感。隨隨便便作的詩必不能成為結結實實的詩。因此，我們學習作詩必須先要提高思想水準，認清作詩是為傳播真理，不是為做文字遊戲。我們也必須要去豐富生活，以便反映社會現實，從生活鬥爭中培養我們愛什麼與反對什麼的強烈感情，好在詩中有熱情的歌頌，也有嚴厲的批評。我們還要時時刻刻細心地觀察一切，一花一草之微也不遺漏，以便豐富我們具體描寫細緻刻劃的本領，透過形象說出我們的思想與情感來。自然，我們還必須掌握語言文字的精選妙用，以便用最簡練有力的詞句道出最高的思想和最複雜的感情，把思想感情與語言結為一體，無可分割，無可增減，使讀者自願地背下全詩，時時吟詠玩味。

怎樣學寫詩 —— 老舍

詩最難，詩也最容易，我們要當心。能寫很好的散文的未必能寫詩；因為詩的條件較散文為多；設若連散文還寫不

第一部分　文體寫作

好,就更不可以輕易弄詩了。不過,散文必須寫得清楚,必須有條有理的成篇;而詩呢,彷彿含混一些也可以,而且可長可短,形式最自由。於是作詩似乎比散文還省著點力氣;詩就多起來,詩可也就不像樣子了。學舊詩的知道了規矩便可照式填滿,然而這只是「填」,不是「作」。喜新詩的便連規矩也不必管,滿可以不加思索,一揮而就;然而是詩與否,深可懷疑。

青年朋友們每問我怎樣作詩,我非詩人,不敢置答。今天是詩人節,又想起此問題,很願寫出幾句;對與不對,不敢保證。

假若今天有位青年想要寫詩,我必先請他把散文寫好了再說。好的散文雖沒有詩的形式與極精妙的語言,可是一字一句也絕不是隨便可以寫出來的。把散文寫好並不是件容易的事。趕到散文已有相當的把握,再去寫詩,才知道詩的難寫,而曉得怎樣用心了。

練習散文的時候最好是寫故事。故事裡有人有景。人有個性及感情,景有獨特之美。能於故事中,於適當的字傳情寫景,然後才能更進一步,以最精煉的文字,一語道出,深情佳景。無至情,無真詩,須於故事中詳為揣摩,配以適當的文字。如是立下基礎,而後可以言詩;否則未諳人情,何從吟詠?

寫情寫景略有把握，更須多讀名著，以窺寫詩之術。自己寫幾句，與名家著作比較一下，最為有益。

讀得多了，再從事習作。凡寫一題，須有真情實感。草草寫下，一氣呵成。既成，放置一二日，再加修改；過一二日，再修改，務求文到情溢，有真情，有好景，有音節，無一廢詞冗字。如是努力，而仍不得佳作，須檢討自己：是不是對人對事對物的觀察不夠，或生活太狹，或學識太淺，或為人未能寬大宏朗，致以個人的偏私隱晦了崇高遠大的理想……自省的功夫既嚴，必能發現自身之短，這才有醒悟，有進步。詩不是文字的玩弄，要在表現其「人」；人之不存，詩何以立？設若只為由科員升為科長，正自別有辦法，不必於詩中求之。

青年朋友們，我本非詩人，故絕不怕你們詩法高明，奪去我的飯碗。我真誠地盼望你們成為詩人，故不敢不說實話——實話總是不甚甘甜，罪過！罪過！

怎樣在詩句中用好比喻 —— 老舍

舊體詩有個嚴重的毛病：愛用典故。從一個意義來說，用典故也是一種比喻。壽比南山是比喻，壽如彭祖也是比喻——用彭祖活了八百歲的典故，祝人長壽。典故用恰當了，能使形象鮮明，想像豐富。可是，典故用多了便招人討

第一部分　文體寫作

厭,而且用多了就難免生拉硬扯,晦澀難懂。有許多舊體詩是用典故湊起來的,並沒有多少詩意,所以既難懂,又討厭。

　　白話詩大致矯正了貪用典故的毛病,這很好。可是,既是詩,就不能不用比喻。所以新詩雖用典漸少,可是比喻還很多,以便做到詩中有畫。於是,又出了新毛病:比喻往往太多,太多也就難免不恰當。

　　貪用比喻,往往會養成一種習慣——不一針見血地說話,而每言一物一事必是像什麼,如什麼。這就容易使詩句冗長,缺乏真帶勁頭的句子。一來二去,甚至以為詩就是擴大化的「好比」,一切都須好比一下,用不著乾乾淨淨地說真話。這是個毛病。

　　比喻很難恰當。不恰當的不如不用。把長江大橋比作一張古琴,定難盡職。古琴的尺寸很短,古琴也不是擺在水上的東西,火車汽車來往的響聲不成曲調,並且不像琴聲那麼微弱⋯⋯這差點事兒。把汽車火車的聲音比作交響樂,也同樣差點事兒。

　　比喻很難精采。所以好用比喻的人往往不能不抄襲前人的意思,以至本是有創造性的設喻逐漸變成了陳詞濫調。「芙蓉為面柳為腰」本來不壞,後來被蝴蝶鴛鴦派詩人用濫了,便令人難過。至於用這個來形容今天乘風破浪的女同志們就

更不對頭了。

不恰當的比喻，不要。恰當的比喻應更進一步，力求精采。就是精采的也不如直接地把話說出來。陸放翁是我們的大詩人，他有個好用「如」、「似」的毛病。什麼「讀書似走名場日，許國如騎戰馬時」呀，什麼「生計似蛛聊補網，弊廬如燕旋添泥」呀，很多很多。這些比喻叫他的作品有時候顯得纖弱。他的名句：「王師北定中原日，家祭無忘告乃翁」，便不同了。這是愛國有真情，雖死難忘。這是真的詩，千載之後還使我們感動。那些帶有「如」、「似」的句子並沒有這股子勁頭。

比喻不是完全不可以用，但首先宜求恰當，還要再求精采。詩要求形象。比喻本是利用聯想（以南山比長壽）使形象更為突出。但形象與形象的聯繫必須合理、巧妙，否則亂比一氣，成了笑話。南山大概除了忽然遇到地震，的確可以長期存在，以喻長壽，危險不大。以古琴比長江大橋就有危險，一塊石頭便能把古琴（越古越糟）打碎。誰能希望長江大橋不久就垮架呢！

再隨手舉一兩個例子：

那柔弱的蘭草，怎能比你們剛強！
蘭草本來柔弱，比它作甚呢？

川峽公路像一個稀爛的泥塘。

公路很長,泥塘是「塘」,不是看不到頭的公路。兩個形象不一致。

蕭蕭落木是她啜泣的聲音。

「蕭蕭」——相當的響;「啜泣」——無聲為泣。自相矛盾。

也許這近於吹毛求疵吧?不是的。詩是語言的結晶,必須一絲不苟。詩中的比喻必須精到,這是詩人的責任。找不到好的比喻就不比喻,也還不失為慎重。若是隨便一想,即寫出來,便容易使人以為詩很容易作,可以不必推敲再推敲。這不利於詩的發展。

第十二章　創意想像

你向著那絲看，冬天的太陽照滿了屋內，窗明几淨，每朵含苞的，開透的，半開的梅花在那裡挺秀吐香，情緒不禁迷茫飄渺地充溢心胸，在那剎那的時間中振盪。

經典範文

蛛絲和梅花

林徽因

真真的就是那麼兩根蛛絲，由門框邊輕輕地牽到一枝梅花上。就是那麼兩根細絲，迎著太陽光發亮……再多了，那還像樣麼？一個摩登家庭如何能容蛛網在光天白日裡作怪，管它有多美麗，多玄妙，多細緻，夠你對著它聯想到一切自然，造物的神工和不可思議處；這兩根絲本來就該使人臉紅，且在冬天夠多特別！可是亮亮的，細細的，倒有點像銀，也有點像玻璃制的細絲，委實不算討厭，尤其是它們那麼灑脫風雅，偏偏那樣有意無意地斜著搭在梅花的枝梢上。

你向著那絲看，冬天的太陽照滿了屋內，窗明几淨，每朵含苞的，開透的，半開的梅花在那裡挺秀吐香，情緒不禁

第一部分　文體寫作

迷茫飄渺地充溢心胸,在那剎那的時間中振盪。同蛛絲一樣的細弱,和不必需,思想開始拋引出去:由過去牽到將來,意識的,非意識的,由門框梅花牽出宇宙,浮雲滄波蹤跡不定。是人性,藝術,還是哲學,你也無暇計較,你不能制止你情緒的充溢,思想的馳騁,蛛絲梅花竟然是瞬息可以千里!

好比你是蜘蛛,你的周圍也有你自織的蛛網,細緻地牽引著天地,不怕多少次風雨來吹斷它,你不會停止了這生命上基本的活動。此刻……「一枝斜好,幽香不知甚處,」……

拿梅花來說吧,一串串丹紅的結蕊綴在秀勁的傲骨上,最可愛,最可賞,等半綻將開地錯落在老枝上時,你便會心跳!梅花最怕開;開了便沒話說。索性殘了,沁香拂散同夜裡爐火都能成了一種溫存的悽清。

記起了,也就是說到梅花,玉蘭。初是有個朋友說起初戀時玉蘭剛開完,天氣每天的暖,住在湖旁,每夜跑到湖邊林子裡走路,又靜坐幽僻石上看隔岸燈火,感到好像僅有如此虔誠地孤對一片泓碧寒星遠市,才能把心裡情緒抓緊了,放在最可靠最純淨的一撮思想裡,始不至褻瀆了或是驚著那「寤寐思服」的人兒。那是極年輕的男子初戀的情景——對象渺茫高遠,反而近求「自我的」鬱結深淺——他問起少女的情緒。

就在這裡,忽記起梅花。一枝兩枝,老枝細枝,橫著,

第十二章　創意想像

剄著,描著影子,噴著細香,太陽淡淡金色地鋪在地板上;四壁琳瑯,書架上的書和書籤都像在發出言語,牆上小對聯記不得是誰的集句;中條是東坡的詩。你斂住氣,簡直不敢喘息,踮起腳,細小的身形嵌在書房中間,看殘照當窗,花影搖曳,你像失落了什麼,有點迷惘。又像「怪東風著意相尋」,有點兒沒主意!浪漫,極端的浪漫。「飛花滿地誰為掃?」你問,情緒風似的吹動,捲過,停留在惜花上面。再回頭看看,花依舊嫣然不語。「如此娉婷,誰人解看花意,」你更沉默,幾乎熱情地感到花的寂寞,開始憐花,把同情通通詩意地交給了花心!

這不是初戀,是未戀,正自覺「解看花意」的時代。情緒的不同,不只是男子和女子有分別,東方和西方也甚有差異。情緒即使根本相同,情緒的象徵,情緒所寄託,所棲止的事物卻常常不同。水和星子同西方情緒的聯繫,早就成了習慣。一顆星子在藍天裡閃,一流冷澗傾瀉一片幽愁的平靜,便激起他們詩情的波湧,心裡甜蜜地,熱情地便唱著由那些鵝羽的筆鋒散下來的「她的眼如同星子在暮天裡閃」,或是「明麗如同單獨的那顆星,照著晚來的天」,或「多少次了,在一流碧水旁邊,憂愁倚下她低垂的臉」。

惜花,解花太東方,親暱自然,含著人性的細緻是東方傳統的情緒。

此外年齡還有尺寸,一樣是愁,卻躍躍似喜,十六歲時的,微風零亂,不頹廢,不空虛,巔著理想的腳充滿希望,

143

東方和西方卻一樣。人老了脈脈煙雨，愁吟或牢騷多折損詩的活潑。大家如香山，稼軒，東坡，放翁的白髮華髮，很少不梗在詩裡，至少是令人不快。話說遠了，剛說是惜花，東方老少都免不了這嗜好，這倒不論老的雪鬢曳杖，深閨裡也就攢眉千度。

最叫人惜的花是海棠一類的「春紅」，那樣嬌嫩明豔，開過了殘紅滿地，太招惹同情和傷感。但在西方即使也有我們同樣的花，也還缺乏我們的廊廡庭院。有了「庭院深深深幾許」才有一種庭院裡特有的情緒。如果李易安的「斜風細雨」底下不是「重門須閉」也就不「蕭條」得那樣深沉可愛；李後主的「終日誰來」也一樣的別有寂寞滋味。看花更須庭院，深深鎖在裡面認識，不時還得有軒窗欄杆，給你一點憑藉，雖然也用不著十二欄杆倚遍，那麼慵弱無聊。

當然舊詩裡傷愁太多；一首詩竟像一張美的證券，可以照著市價去兌現！所以庭花，亂紅，黃昏，寂寞太濫，詩常失卻誠實。西洋詩，戀愛總站在前頭，或是「忘掉」，或是「記起」，月是為愛，花也是為愛，只使全是真情，也未嘗不太膩味。就以兩邊好的來講。拿他們的月光跟我們的月色比，似乎是月色滋味深長得多。花更不用說了，我們的花「不是預備採下綴成花球，或花冠獻給戀人的」，卻是一樹一樹綽約的，個性的，自己立在情人的地位上接受戀歌的。

所以未戀時的對象最自然的是花，不是因為花而起的感慨 —— 十六歲時無所謂感慨 —— 僅是剛說過的自覺解花的

情緒，寄託在那清麗無語的上邊，你心折它絕韻孤高，你為花動了感情，實說你同花戀愛，也未嘗不可——那驚訝狂喜也不減於初戀。還有那凝望，那沉思……

一根蛛絲！記憶也同一根蛛絲，搭在梅花上就由梅花枝上牽引出去，雖未織成密網，這詩意的前後，也就是相隔十幾年的情緒的聯繫。

午後的陽光仍然斜照，庭院闃然，離離疏影，房裡窗櫺和梅花依然伴和成為圖案，兩根蛛絲在冬天還可以算為奇蹟，你望著它看，真有點像銀，也有點像玻璃，偏偏那麼斜掛在梅花的枝梢上。

二十五年新年漫記

林徽因

> 中國著名詩人、作家、建築學家。代表作有詩歌〈你是人間四月天〉，小說《九十九度中》，散文《一片陽光》等等。

名作賞析

本文語言清麗婉轉，富有詩意美，展現了林徽因典雅、精緻、理智的語言風格。

作者採用託物起興的手法，透過兩根蛛絲經過門框纏繞

到一枝梅花上的小發現，展開了豐富的聯想，帶領讀者在腦海中繪出一幅美麗雅緻、玄妙神奇的蛛絲梅花圖。全文從蛛絲和梅花開始，牽引到天地宇宙、過去未來，借物言志，蘊意深刻。結尾又從聯想到現實，為我們展示了「一花一世界」的寫作奧義，展現了「民國才女」的才華橫溢。

大師課堂

怎樣讓文章展現出機智 —— 夏丏尊

相傳有一畫師，出了一個「花襯馬蹄香」的畫題，叫許多學生各畫一幅。大多數的學生，都從題目的正面著想，畫了許多落花，上面再畫一個騎馬揚鞭的人。這是何等的煞風景呢！有一個聰明學生，卻不畫一片的花瓣，只畫一匹馬，另外加上許多隻隨馬蹄飛的蝴蝶；畫師非常讚許。這是側面觀察成功的一例。

側面觀察，就是於事物的普通光景以外，再去找出常人心中所無而實際卻有的光景來；這雖有賴於觀察力的周到，但基本卻在機智的活動。凡是事物，無論如何細小，要想用文字把它表現淨盡，究竟是不可能的事。用文字表現，要能使人讀了如目見身歷，收得印象，全在一二關於某事物的特色。只要是特色，雖然很小很微，也足暗示某事物的全體。

第十二章　創意想像

例如：梅雨時候，要描寫這霉時的光景，如果用平板正面的觀察的方法來寫，不知要用多少字才能寫出（其實無論多少字，也寫不完全的）。在這時候，假使有人把「蛛網」詳細觀察，發現「霧樣的細雨，把蛛網糁成白色」的一種特別的光景，把這不大經人意的材料和別的事情景況寫入文字中，僅這小小的材料，已足暗示霉天了。試再看下列各句：

（1）正午的太陽，照得山邊的路閃閃地發白光。山腳大松樹的樹身上流著黃白色的脂漿。──《暑畫》

（2）日光在窗紙上微微地搖動，落葉掠下來在窗影上畫了很粗的黑線。──《初冬晴日》

上二例都是側面描寫，並不瑣碎地把暑日或初冬的光景來說，而暑日或初冬的光景卻已活現了。

以上是機智的一方面的說明。機智還可從別一方面說：就是文字有精采的部分，和平常的部分可區別。文字壞的，或者是句句都壞；文字好的，卻不是句句都好。一篇文中，有幾句甚或只有一句好的，有幾句平常的。在好的文字中，這好的幾句的位置，常配得很適當。

在平常的文字中，加入幾句，使成好文字。這種能力，是作文者大概必需的。特別地在做小品文時，這能力格外重要。在小品文中，要有用一句使全體振起的能力才好。試看下例：

第一部分　文體寫作

> 弱小的菊科花開出來使人全不經意,卻顫顫地冷冷地鋪滿了庭階。無力的晚陽,照在那些花的上面,著實有些兒寒意。原來秋已來了。
>
> —— 葉紹鈞[52]〈母〉

這文末句,是使全體統一收束的,在文中很有力量。如果沒有末一句,文字就要沒有統一,沒有餘情了。又如:

> 正坐在椅子上誦讀英文,忽然一隻蚊子來到腳膝下;被牠一刺,我身一驚,覺得很難忍;急去拍時,已經飛去了。
>
> 沒有多少時候,仍舊飛近我身邊,作嗡嗡的叫聲。我靜靜地等牠來,果真牠回到原處,牠伸直了腳,用口管刺入我的皮膚,兩翼向上而平,好像是在那裡用著牠的全副精神似的。我拍死了牠,那掌上沾溼了的血水,使我感到復仇的愉快和對於生命的憐憫。
>
> —— 某君〈蚊〉

這篇所以還算好的,關係全在末一句。如果沒有末一句,全體就沒了意義。以上二例都是以末一句使全文振起的;其實有力的句子,並不一定限於放在末了。

以上雖就描寫文而說,其實,所謂側面觀察,所謂一句使全文振起,不單限於描寫文,在議論感想類的文字中,也

---

[52] 葉紹鈞:即葉聖陶。

第十二章　創意想像

很必要。在議論感想文中，所謂「警句」者，大都是側面觀察成功的，有振起全文的能力的。例如：

戲子們何等幸福啊！他們自己隨意選擇了扮作喜劇或扮作悲劇，要苦就苦，要樂就樂，要笑就笑，要哭就哭。在實生活上，卻不能這樣。大抵的男女，都被強迫了做著自己所不願做的角色。這個世界是舞臺，可是卻沒有好戲。

—— 王爾德

日日地過去，無論哪一日，差不多都是空虛，厭倦，無聊，在後也不留什麼的痕跡！一日一日地過去，這些時間，原實是無意味無智的東西，然而人總希望共同生存，他們讚美人生。他們將希望擺在人生上面，自己上面，及將來上面。啊！他們在將來上面期待著怎樣的幸福啊！

那麼，為什麼，他們認作來日不像正在過著的今日一樣呢？

不，他們並未想過這樣的事，他們全不細想，他們只是一日一日地過去。

「啊！明日，明日！」他們只是這樣自慰，直到「明日」將他們投入墳墓中去為止。

可是，一等入了墳墓，他們也就早已不想了。

—— 屠格涅夫

149

第一部分　文體寫作

以上二例都是明文,寥寥數言中,實已揭破真理的一面,其末句都很有力,使人讀了怒也不是,哭也不是,笑也不是,不知如何才好。

怎樣用字巧妙 —— 章衣萍

怎樣可以用字巧妙呢?從前杜甫有句詩是:「語不驚人死不休!」很可拿來表示用字巧妙的精神。用字巧妙不是一件容易的事。要詳細討論,須研究修辭學。我在這裡,只能很粗淺地談談。

◆ 象徵

象徵便是一種具體的寫法,這名詞是新譯的,但中國古文書中也有不少象徵的寫法,即所謂譬喻。如以「白髮」寫老人,以「衫青鬢綠」寫少年,以「紅巾翠袖」寫女人,以「妊紫嫣紅」寫春天,以「西風紅葉」寫秋天等多是。這類具體寫法的修辭,在當時本為有天才的文人新造的,但後來經無數的飯桶文人的濫用,漸漸成為「套語」了。

正如「紅巾翠袖」是宋人的寫女人的句子,拿來寫現代女子便是笑話。我們現在要教學生用具體的寫法,要教學生用象徵法用字,應該用實際的觀察打底子,用豐富的想像作譬喻。如周美成[53]的:

---

[53]　周美成:即周邦彥,婉約派集大成者。

人如風後入江雲,情似雨餘黏地絮[54]。(〈玉樓春〉第四首)

如吳文英的:

一絲柳,一寸柔情。(〈風入松·春園〉詞)

如辛稼軒[55]的:

事如芳草春長在,人似浮雲影不留。(〈鷓鴣天〉第十五首)

都是象徵的具體寫法。

在小說中用象徵的具體寫法,最有名的是劉鶚《老殘遊記》中的一段:

王小玉便啟朱唇,發皓齒,唱了幾句書兒。聲音初不甚大,只覺入耳有說不出來的妙境:五臟六腑裡像熨斗熨過,無一處不伏貼;三萬六千個毛孔,像吃了人參果,無一個毛孔不暢快。

唱了十數句之後,漸漸的越唱越高,忽然拔了一個尖兒,像一線鋼絲拋入天際,不禁暗暗叫絕。哪知他於那極高的地方,尚能迴環轉折。

幾轉之後,又高一層,接連有三四疊,節節高起,恍如由傲來峰西面攀登泰山的景象:初看傲來峰削壁千仞,以為

---

[54] 譯:人生好像隨風飄入江天的白雲,離別的情緒好比雨後黏滿地面的花絮。
[55] 辛稼軒:即辛棄疾。

第一部分　文體寫作

上與天通,及至翻到傲來峰頂,才見扇子崖更在傲來峰上;及至翻到扇子崖,又見南天門更在扇子崖上——愈翻愈險,愈險愈奇!那王小玉唱到極高的三四疊後,陡然一落,又極力騁其千迴百折的精神,如一條飛蛇在黃山三十六峰半中腰裡盤旋穿插,頃刻之間,周匝數遍。從此以後,愈唱愈低,愈低愈細,那聲音漸漸地就聽不見了。

滿園子的人都屏氣凝神,不敢少動。約有兩三分鐘之久,彷彿有一點聲音從地底下發出。這一出之後,忽又揚起,像放那東洋煙火,一個彈子上天,隨化作千百道五色火光,縱橫散亂。這一聲飛起,即有無限聲音俱來併發。那彈弦子的亦全用輪指,忽大忽小,同他那聲音相和相合,有如花塢春曉,好鳥亂鳴。耳朵忙不過來,不曉得聽哪一聲的為是。正在撩亂之際,忽聽霍然一聲,人弦俱寂。這時臺下叫好之聲轟然雷動。

又如魯迅先生在《吶喊》上寫的:

我吃了一驚,趕忙抬起頭,卻見一個凸顴骨,薄嘴唇,五十歲上下的女人站在我面前,兩手搭在髀間,沒有繫裙,張著兩腳,正像一個畫圓儀器裡細腳伶仃的圓規。(〈故鄉〉)

那手也不是我所記得的紅活圓實的手,卻又粗又笨而且開裂,像是松樹皮了。(〈故鄉〉)

這種例子很多,不再舉了。總之,用象徵寫法,要自己根據自己的觀察,加上自己的想像,自鑄新詞,方為妥當。

第十二章　創意想像

正如第一個用花來喻美人的當然是天才，第二個用花來喻美人的便是傻子了。我們要打倒古典，創造古典。

◆ 誇飾

有一次，郁達夫先生曾對我說：「說謊也是一種藝術。」說謊為什麼是一種藝術呢？說謊說得好，正可增加文學的美麗與有力，所以是一種藝術。李白的詩說：「白髮三千丈，緣愁似個長。」白髮哪裡會有三千丈呢？這顯然是一種說謊。但我們若把「三千丈」改為「三千尺」、「三千寸」，全都不好。只有「三千丈」才可顯出「愁」的痛苦來。

在詩詞中，這種「誇飾」用字的例子很多，如：

筆落驚風雨，詩成泣鬼神。（杜甫〈寄李白〉）

蜀道難，難於上青天。（李白〈蜀道難〉）

力拔山兮氣蓋世！（項羽〈垓下歌〉）

黃河遠上白雲間。（王之渙〈涼州詞〉）

「誇飾」的字用得好，自然可增加文字的美麗與有力，但用得不好，便「弄巧反拙」，變成不通了。如某君譯歐文小說，有老人之袖「飄飄可三大英里」，乃譯為「飄飄三大英里，遮斷行人」，則簡直不通了。誇飾就是說謊，但說謊說得不當，不如不說。

第一部分　文體寫作

◆ 疊字

　　用字巧妙的方法很多。中國文中，有一種用疊字以增加文句的意義的，如《詩經》中的「桃之夭夭，灼灼其華」。最著名的如李清照的「尋尋覓覓，冷冷清清，悽悽慘慘戚戚」，連用許多疊字，活現出一種淒涼神氣！又如《白雪遺音》中的「人兒人兒今何在？花兒花兒為的是誰開？雁兒雁兒因何不把書帶來？心兒心兒從今又把相思害！」這種疊用名詞的法子很可增加語句的活潑與有力。

　　「大匠誨人，能與人以規矩，不能與人以巧。」岳飛論用兵說：「運用之妙，存乎一心。」巧妙是不可教的，只要自己努力去研究，能夠多讀、多作、多研究，自然能語出驚人，用字有神。俗語說「熟能生巧」，這句話是很有意義的。

怎樣形成自己的語言風格 —— 老舍

　　我們最好的思想，最深厚的感情，只能被最美妙的語言表達出來。若是表達不出，誰能知道那思想與感情怎樣的好呢？這是無可分離的、統一的東西。

　　要把語言寫好，不只是「說什麼」的問題，而也是「怎麼說」的問題。創作是個人的工作，「怎麼說」就表現了個人的風格與語言創造力。我這麼說，說得與眾不同，特別好，就表現了我的獨特風格與語言創造力。藝術作品都是這樣。

第十二章　創意想像

十個畫家給我畫像,畫出來的都是我,但又各有不同。每一個裡都有畫家自己的風格與創造。他們各個人用各個不同的風格與創造把我表現出來。寫文章也如此,儘管是寫同一題材,可也十個人寫十個樣。從語言上,我們可以看出來作家們的不同的性格,一看就知道是誰寫的。莎士比亞是莎士比亞,但丁是但丁。文學作品不能用機器製造,每篇都一樣,尺寸相同。翻開《紅樓夢》看看,那絕對是《紅樓夢》,絕對不能和《儒林外史》調換調換。不像我們,大家的寫法都差不多,看來都像報紙上的通訊報導。甚至於寫一篇講演稿子,也不說自己的話,看不出是誰說的。看看愛倫堡的政論是有好處的。他談論政治問題,還保持著他的獨特風格,叫人一看就看出那是一位文學家的手筆。他談什麼都有他獨特的風格,不「人云亦云」,正像我們所說:「文如其人」。

不幸,有的人寫了一輩子東西,而始終沒有自己的風格。這就吃了虧。也許他寫的事情很重要,但是因為語言不好,沒有風格,大家不喜歡看;或者當時大家看他的東西,而不久便被忘掉,不能為文學事業累積財富。傳之久遠的作品,一方面是因為它有好的思想內容,一方面也因為它有好的風格和語言。

這麼說,是不是我們都須標奇立異,放下現成的語言不用,而專找些奇怪的,以便顯出自己的風格呢?不是的!我

第一部分　文體寫作

們的本領就在用現成的、普通的語言，寫出風格來。不是標奇立異，寫的使人不懂。「啊，這文章寫得深，沒人能懂！」並不是稱讚！沒人能懂有什麼好處呢？那難道不是糊塗文章麼？有人把「白日依山盡，更上一層樓」改成「……更上一層板」，因為樓必有樓板。大家都說「樓」，這位先生非說「板」不可，難道就算獨特的風格麼？

同是用普通的語言，怎麼有人寫得好，有人寫得壞呢？這是因為有的人的普通言語不是泛泛地寫出來的，而是用很深的思想、感情寫出來的，是從心裡掏出來的，所以就寫得好。別人說不出，他說出來了，這就顯出他的本領。

運用語言不單純的是語言問題。你要描寫一個好人，就須熱愛他，鑽到他心裡去，和他同感受，同呼吸，然後你就能夠替他說話了。這樣寫出的語言，才能是真實的，生動的。普通的話，在適當的時間、地點、情景中說出來，就能變成有文藝性的話了。不要只在語言上打圈子，而忘了與語言血肉相關的東西 —— 生活。字典上有一切的字，但是，只抱著一本字典是寫不出東西來的。

第二部分 通用技巧

第二部分　通用技巧

第十三章　樹立寫作觀

寫作的準備

老舍

　　用文字要依照文法與邏輯，我們學習文藝，一定要先把文字弄通，再去嘗試寫作，這是一件很要緊的事情。但是有好多青年朋友們，似乎都忽視這一點，他們認為文字不過是小道，主要思想和內容表現得好，那就得了。其實這是錯誤的。要做一個作家，無論如何，起碼得把文字弄得清清楚楚，否則儘管你把主題表現得再好，而你把中文寫得像俄文一樣，那也未免太不像話。其次，是要實地去觀察，那就是一件很平凡的小事情，也得仔細留心去看一看，譬如某人聰明，長相也蠻好，就是有點神經病。因此，大家都叫他「精神堡壘」；我們就得仔細地看一看，想一想，要是能夠找出一個所以然來，這便是一篇小說的好題材。同時，我們還得要拿名著來研究，看看那些作品裡是不是也是表現得很平凡的事情；著作者是從怎樣的角度去刻劃出他的人物。這樣，一面看名著，一面想著，實在是很有益處的事情，否則，那你

第十三章　樹立寫作觀

就無法著手了！一個好律師，總得先把案子頭尾弄得清清楚楚，然後才能夠下判斷。寫東西也是一樣的，總之，看見任何一件事情，都不要放鬆，而且要想出解決的辦法來。一面再拿名著來研究，不斷地在那觀察和思想，這樣慢慢便會養成一種寫作習慣，走到創作的路上去。

別怕動筆

老舍

有不少初學寫作的人感到苦惱：寫不出來！

我的看法是：加緊學習，先別苦惱。

怎麼學習呢？我看哪，第一步最好是心中有什麼就寫什麼，有多少就寫多少。

永遠不敢動筆，就永遠摸不到門兒。不敢下水，還學得會游泳嗎？自己動了筆，再去讀書，或看刊物上登載的作品，就會明白一些寫作的方法了。只有自己動過筆，才會更深入地了解別人的作品，學會一些竅門。好吧，就再寫吧，還是有什麼寫什麼，有多少寫多少。寫完了一篇或半篇，就再去閱讀別人的作品，也就得到更大的好處。

千萬別著急，別剛一拿筆就想發表不發表。先想發表，不是實事求是的辦法。假若有個人告訴我們：他剛下過兩次

第二部分　通用技巧

水，可是決定馬上去參加國際游泳比賽，我們會相信他能得勝而歸嗎？不會！我們必定這麼鼓舞他：你的志願很好，可是要拚命練習，不成功不停止。這樣，你會有朝一日去參加國際比賽的。我看，寫作也是這樣。誰肯下功夫學習，誰就會成功，可不能希望初次動筆就名揚天下。我說有什麼寫什麼，有多少寫多少，正是為了練習，假若我們忽略了這個練習過程，而想馬上去發表，那就不好辦了。是呀，只寫了半篇，再也寫不下去，可怎麼去發表呢？先不要為發表不發表著急，這麼著急會使我們灰心喪氣，不肯再學習。若是由學習觀點來看呢，寫了半篇就很不錯啊，在這以前，不是連半篇也寫不上來嗎？

不知道我說得對不對，我總以為初學寫作不宜先決定要寫五十萬字的一本小說或一部多幕劇。也許有人那麼幹過，而且的確一箭成功。但這究竟不是常見的事，我們不便自視過高，看不起基本練習。那個一箭成功的人，想必是文字已經寫得很通順，生活經驗也豐富，而且懂得一些小說或劇本的寫法。他下過苦功，可是山溝裡練把式，我們不知道。我們應當知道自己的底。我們的文字基礎若還不十分好，生活經驗也還有限，又不曉得小說或劇本的技巧，我們最好是有什麼寫什麼，有多少寫多少，為的是練習，給創作預備條件。

首先是要把文字寫通順了。我說的有什麼寫什麼，有多少寫多少，正是為逐漸充實我們的文字表達能力。還是那句

第十三章　樹立寫作觀

話：不是為發表。想想看，我們若是有了想起什麼、看見什麼和聽見什麼就寫得下來的能力，那該是多麼可喜的事啊！即使我們一輩子不寫一篇小說或一部劇本，可是我們的書信、報告、雜感等，都能寫得簡練而生動，難道不是值得高興的事嗎？

當然，到了我們的文字能夠得心應手的時候，我們就可以試寫小說或劇本了。文學的工具是語言文字呀。

這可不是說：文學創作專靠文字，用不著別的東西。不是這樣！政治思想、生活經驗、文學修養……都是要緊的。我們不應只管文字，不顧其他。我在前面說的有什麼寫什麼，和有多少就寫多少，是指文字學習而言。這樣能夠叫我們勇於拿起筆來，不怕困難。在動筆桿的同時，我們應當努力於政治學習，熱情地參加各種活動，豐富生活經驗，還要看戲，看電影，看文學作品。這樣雙管齊下，既常動筆，又關心政治與生活，我們的文字與思想就會得到進步，生活經驗也逐漸豐富起來。我們就會既有值得寫的資料，又有會寫的本事了。

要學習寫作，須先摸摸自己的底。自己的文字若還很差，就請按照我的建議去試試——有什麼寫什麼，有多少寫多少。同時，連寫封家信或記點日記，都鄭重其事地去幹，當作練習寫作的一種日課[56]。文字的學習應當是隨時隨地

---

[56]　日課：指每日必學的課程。

的,不專限於寫文章的時候。一個會寫小說的人當然也會寫信,而一封出色的信也是文學作品——好的日記也是!

我們不妨今天描寫一朵花,明天又試驗描寫一個人,今天記述一段事,明天試寫一首抒情詩,去充實表達能力。生活越豐富,心裡越寬綽;寫得越勤,就會有得心應手的那麼一天。是的,得下些功夫,把根底打好。別著急,別先考慮發表不發表。誰肯用功,誰就會寫文章。

這麼說,不就很難做到寫作的躍進嗎?不是!寫作的躍進也和別種工作的躍進一樣,必須下功夫,勤學苦練。不能把勤學苦練放在一邊,而去空談躍進。看吧,原本不敢動筆,現在拿起筆來了,這還不是躍進的勁頭嗎?然後,寫不出大的,就寫小的;寫不好詩,就寫散文;這樣高高興興地,不圖名不圖利地往下幹,一定會有成功的那一天。難道這還不是躍進麼?好吧,讓我們都興高采烈地幹吧!放開膽子,先有什麼寫什麼,有多少寫多少,我們就會逐漸提高,寫出像樣子的東西來。不怕動筆,筆就會聽我們的話,不是嗎?

作文的基本態度

夏丏尊

我曾看了不少關於文章作法的書籍,覺得普通的文章,其好壞大部分是態度問題;只要能了解文章的態度,文章就

自然會好，至少可以不至於十分不好的。古今能文的人，他們對於文章法訣，一個說這樣，一個說那樣，各有各的說法，但是千言萬語，都不外乎以讀者為對象。務使讀者不覺苦痛厭倦而得趣味快樂。所謂要有秩序，要明暢，要有力等等，無非都是想適應讀者的心情。因為離了讀者，就可不必有文章的。

要使文章能適合讀者的心情，技巧的研究，原是必要，態度的注意，卻比技巧更加要緊。技巧屬於積極的修辭，大部分有賴於天分和學力；態度是修辭的消極的方面，全是情理範圍中的事，人人可以學得的。要學文章，我以為初步先須認定作文的態度。作文的態度，就是文章的 ABC。

初中的學生，有的文字已過得去，有的還是不大好。現在作文用語體，只要學過了語法的，語句上的毛病當然不大會有；而平日文題又很有自由選擇的餘地，何以還有許多的毛病呢？我以為毛病都是由態度不對來的。態度不對，無論加了什麼修飾或技巧，文字也不能像樣。不，反覺討厭，好像五官不正的人擦上了許多脂粉似的。

文章的態度，可以分六種來說。我們執筆為文的時候，可以發生六個問題：

(1) 為什麼要做這文？

(2) 在這文中所要述的是什麼？

第二部分　通用技巧

(3) 誰在做這文？

(4) 在什麼地方做這文？

(5) 在什麼時候做這文？

(6) 怎樣做這文？

用英語來說，就是 Why、What、Who、Where、When、How 六字，可以稱為「六 W」。現在試逐條說述。

◆ 為什麼要做這文？

這就是所以要做這文的目的。例如：這文是作了給人看的呢，還是自己記著備忘的？是作了勸化人的呢，還是但想作了使人了解自己的意見，或和人辯論的？是但求實用的呢，還是想使人見了快樂感到趣味的？是試驗的答案呢，還是普通的論文？諸如此類，目的可各式各樣，因了目的如何，作法當然不能一律。普通論文中很細密的文字，當作試驗答案，就冗瑣討厭了。見了使人感得趣味快樂的美文，用之於實用，就覺得不便了。周子[57]的〈愛蓮說〉，拿到植物學中去當關於說明「蓮」的一節，學生就要莫名其妙了。所取的題目雖同，文字依目的而異，認定了目的，依了目的下筆，才能大體不誤。

---

[57]　周子：即周敦頤，宋朝文學家、哲學家，北宋五子之一，理學思想的開山鼻祖。

第十三章　樹立寫作觀

◆ 在這文中所要述的是什麼？

這是普通所謂題意，就是文章的中心思想。作文能把持中心思想，自然不會有題外之文。例如在主張男女同學[58]的文字中，斷用不著「乾道成男，坤道成女」，「男子三十而娶，女子二十而嫁」等類的廢話。在記述風災的文字，斷不許有颶風生起原因的科學的解釋。我在某中學時，有一次入學試驗，我出了一個作文題〈元旦〉，有一個受試者開端說甚「元旦就是正月一日，人民於此日休息遊玩……」等類的話，中間略述社會歡樂情形，結束又說「……不知國已將亡，……凡我血氣青年快從今日元旦覺悟……」等，這是全然忘了題意的例。

◆ 誰在做這文？

這是作者的地位問題，也就是作者與讀者的關係問題。再換句話說，就是要問以何種資格向人說話。例如：現在大家同在一個學校裡，假定這學校還沒有高級中學，而大家都希望添辦起來，將此希望的意思，大家做一篇文字，教師的文字與學生的文字，是應該不同的。校長如果也做一篇文字，與教師學生的亦不相同。一般社會上的人，如果也提出文字來，更加各各不同。要點原是一致，而說話的態度、方

---

[58]　男女同學：指男女同校合班上課。

第二部分　通用技巧

法等等,卻都不能不異的。同樣,子對於父,和父對於子不同,對一般人和對朋友不同,同是朋友之中,對新交又對舊交不同。記得有一個笑話,有一學生寫給他父親的信中說,「我錢已用完,你快給我寄十元來 —— 勿誤 ——」父親見信大怒,這就是誤認了地位的毛病了。

◆ 在什麼地方做這文?

做這文的所在地,也有認清的必要,或在鄉村,或在都會,或在集會(如演說),或在外國,因了地方不同,態度也自須有異。例如:在集會中應採眼前人人皆知的材料,在鄉村應採鄉村現成的事項。在國外應用外國語,在國內應用本國語(除必不得已須用外國原語者外)。「我們的 father」、「你的 wife」之類,是怪難看難聽的。

◆ 在什麼時候做這文?

這是自己的時代觀念,須得認清的。作這文在前清,還是在民國成立以後?這雖是大家都知道的事,但實際上還有人沒了解,現在嘆氣早已用「唉」音了。有許多人還一定要用「嗚呼」、「嗟乎」,明明是總統,偏叫做「元首」,明明是督軍,卻自稱「疆吏」,往年黎元洪的電報,甚至於使人不懂,這不是時代錯誤是什麼?

第十三章　樹立寫作觀

◆ 怎樣做這文？

　　上面的五種態度都認清了，然後再想做文的方法。用普通文體呢，還是用詩歌體？簡單好呢，還是詳細好？直說呢，還是婉說？開端怎樣說？結末怎樣說？先說大旨，後說理由呢，還是先說事實，後加斷定？怎樣才能使我的本旨顯明？怎樣才能免掉別人的反駁？關於此種等等，都須自己打算研究。

　　以上六種，我以為是作文時所必須認清的態度，雖然很平凡，但卻必須知道，把它連線起來，就只是像下面的一句話：「誰對了誰，為了什麼，在什麼地方，什麼時候，用了什麼方法，說什麼話。」

　　如果所做的文字，依照這裡面的各項檢查起來，都沒有毛病可指，那就是好文字，至少不會成壞文字了。不但文字如此，語言也是這樣。作文說話時只要能夠留心這「六 W」，在語言文字上就可無大過了。

第十四章　正確運用技巧

正確看待作文方法

夏丏尊

「熟讀唐詩三百首，不會作詩也會吟。」這句話雖然只指示學習「作詩」的初步方法，但中國人學習作文也是同一的態度。原來中國文人是認定「文無定法」的，只有「神而明之」，所以古代雖然有幾部論到作文法的書，如劉勰的《文心雕龍》和唐彪的《讀書作文譜》之類，以及其他的零碎論文，但是依然脫不了「神而明之」的根本思想，陳義過高，流於玄妙，就是不合時宜。

文章本是為了傳達自己的意思或情感而創作的，所以只是一種工具。單有意思或情感，沒有用文字發表出來，就只能保藏在自己的心裡，別人無從得知。單有文字而無意思或情感，不過是文字的排列，也不能使讀的人得到點什麼。意思或情感是文章的內容，文字的結構是文章的形式。內容是否充實，這關係作者的經驗、智力、修養。至於形式的美

醜，那便是一種技術。嚴格地說，這兩方面雖是同樣地沒有成法可依賴，但後者畢竟有些基本方法可以遵照，作文法就是講明這些方法的。

技術要達到巧妙的地步，不能只靠規矩，非靠自己努力鍛鍊不可。學游泳的人不是只讀幾本書就能成，學木工的人不是只聽別人講幾次便會，作文也是如此，單知道作文法也不能做出好文章。反過來說，不知作文法的人，就是所謂「神而明之」的，也竟有成功的。總之，一切技術都相同，僅僅仗那外來的知識而缺乏練習，絕不能純熟且達到巧妙的境地。「多讀，多作，多商量」這話雖然簡單，實在是很中肯綮[59]，顛撲不破，想要做好文章的人不能不在這方面下番切實的功夫。

照上面所說的一段話，必定有人疑心作文法全無價值，依舊確信「文無定法」，只想「神而明之」，這也是錯的。專一依賴法則固然不中用，但法則究竟能指示人以必需的途徑，使人得到正規。漁父的兒子雖然善於有用，但比之於有正當知識，再經過練習的專家，終究相差很遠。而跟著漁父的兒子去學游泳，比之於跟著專家去練習也不同，後者總比前者來得正確、快速。法則對於技術而言是必要而不充足的條件，真正憑著練習成功的，必是暗合於法則而不自知的。法則看似沒用而確實有用，就在這一點，作文法的真價值，也就在這一點。

---

[59] 肯綮（ㄑㄧㄥˋ）：筋骨結合的地方，比喻事物的關鍵。

第二部分　通用技巧

多練基本功

老舍

我覺得：練習基本功，對初學寫作者來說，是很重要的事，就拿這作為講題吧。

先練習寫一人一事

有些人往往以寫小說、劇本等作為初步練習，我看這不大合適。似乎應該先練習寫一個人、一件事。有些人常常說：「我有一肚子故事，就是寫不出來！」這是怎麼回事呢？你若追問他：那些故事中的人都有什麼性格？有哪些特點？他就回答不上來了。他告訴你的盡是一些新聞，一些事情，而沒有什麼人物。我說，他並沒有一肚子故事。儘管他生活在工廠裡、農村裡，身邊有許多激動人心的新人新事，可是他沒有仔細觀察，人與事都從他的身邊溜走了；他只記下了一些破碎不全的事實。要想把小說、劇本等寫好，要先從練習寫一個完完整整的人、一件完完整整的事做起。你要仔細觀察身旁的老王或老李是什麼性格，有哪些特點，隨時注意，隨時記錄下來。這樣的記錄很重要，它能鍛鍊你的文字表達能力。不能熟練地駕馭文字，寫作時就不能得心應手。有些書法家年老目昏，也還能寫得很整齊漂亮。他們之所以

第十四章　正確運用技巧

能夠得心應手，就是因為他們天天練習，熟能生巧。如果不隨時注意觀察，隨時記下來，哪怕你走遍天下，還是什麼也記不真確、詳細，什麼東西也寫不出來。

　　剛才，我站在此地小坡上的小白樓前，看見工廠的夜景非常美麗；想來同志們都曾經站在那裡看過好多次了，你們就應該把它記下來。在這夜景裡，燈光是什麼樣子，近處如何，遠處如何，雨中如何，雪後如何，都仔細地觀察觀察，把它記在筆記本上。

　　要天天記，養成一種習慣。刮三分鐘熱風，你記下來；下一陣雨，你也記下來，因為不知道哪一天，你的作品裡就需要描寫三分鐘熱風或一陣雨，你如果沒有這種累積，就寫不豐富。經常生活，經常累積，養成觀察研究生活的習慣。習慣養成之後，雖不記，也能抓住要點了。這樣，日積月累，你肚子裡的東西就多了起來。寫作品不僅仗著臨時觀察，更需要隨時留心，隨時累積。

　　不要看輕這個工作，這不是一件容易事。一個人，有他的思想、感情、面貌、行動……，一件事物，有它的秩序、層次、始末……，能把它逼真地記下來並不容易。觀察事物必須從頭至尾，尋根追底，把它看全，找到它的「底」，因為做文章必須有頭有尾，一開頭就要想到它的「底」。不知全貌，不會概括。

171

第二部分　通用技巧

有些年輕同志不注意這種基本功練習,一開始就寫小說、劇本;這種情況好比沒練習過騎車的人,就去參加騎車競賽。

把語言練習通順

下功夫把語言寫通順了,也是基本功,也是很重要的基本功。它和戲曲演員練嗓子、翻觔斗一樣。演員不練嗓子,怎麼唱戲呢?武生不會翻觔斗,怎麼演武戲呢?文學創作也是一樣,語言不通順,不可能寫出好文章。有些人,確實有一肚子生動的人物和故事,他向人談講時,談得很熱鬧;可一寫出來,就不那麼動人了,這就是因為在語言方面缺乏訓練,沒有足夠的表達能力。

有些人專以寫小說、寫劇本練習文字,這不妥當,文字要從多方面來練習,記日記,寫筆記,寫信……都是鍛鍊文字的機會;哪怕寫一個便條,都應該一字不苟。

寫文章,用一字、造一句,都要仔細推敲。寫完一句,要看看全句站得住否?每個字都用得恰當與否?是不是換上哪一個字,意思就更明顯,聲音就更響亮?應知一個字要起一個字的作用,就像下棋使棋子那樣。一句,一段寫完之後,要看看前後呼應嗎,連貫嗎?字與字之間,句與句之間,段與段之間,都必須前後呼應,互相關聯。慢慢地,你就學會更多的技巧,能夠若斷若續,有波瀾,有起伏,讀起

來通暢而又有曲折。寫小說的人，也不妨練習寫寫詩；寫寫詩，文字就可以更加精煉，因為詩的語言必須很精煉，一句要表達好幾句的意思。文章寫完之後，可以唸給別人聽聽。唸一唸，哪些不恰當的字句，不順口的地方，就都顯露出來了，才可以一一修改。文章叫人念著舒服順口，要花很多心思和工夫。有人看我的文章明白易解，也許覺得我寫時很輕鬆，其實不然。從哪兒開頭，在哪兒收束，我要想多少遍。有時，開了許多頭都覺得不合適，費了不少稿紙。

　　字的本身沒有好或壞，要看用在什麼地方。用得恰當，就生動有力。

　　文字要寫得簡練。什麼叫做簡練呢？簡練就是話說得少，而意思包含得多。舉一兩句做例：「小樓一夜聽春雨，深巷明朝賣杏花。」只不過十四個字，可是包含多少情和景呀！

　　簡練須要概括，須要多知多懂。知道一百個人，而寫一個人；知道一百件事，而寫一件事，才能寫得簡練。心有餘力，有所選擇，才能簡練。譬如歌劇演員，他若扯著嗓子喊叫，就不好聽；他必須天天練嗓子，練得運用自如，遊刃有餘，就好聽了。

　　我建議大家多多練習基本功，哪怕再忙，每天也要擠出點時間寫幾百個字。要知道，練基本功的功夫，應該比創作的功夫多許多許多倍！

第二部分　通用技巧

文章別怕改

老舍

　　文章別怕改。改亦有道：謹據個人經驗，說點不一定是竅門的竅門兒。

　　改有大小，先說小改。寫成一篇或一段須檢查：有無不必要的「然而」「所以」等等，設法刪減。這種詞兒用得太多，文筆即缺乏簡勁，宜加控制。

　　往往因一字一詞欠妥，屢屢改動，總難滿意，感到苦悶。對此，應勿老在一兩個字上打轉轉，改改句子吧。改句子，可能躲過那一兩個字去。故曰：字改不好，試去改句。同樣地，句改不好，則試改那一段。此法用於韻文，更為有利。寫韻文，往往因押韻困難，而把「光榮」改為「榮光」，或「雄壯」改為「壯雄」，甚至用「把話云」、「馬走戰」來敷衍。其實，改一改全句，頗可以避免此病。

　　泛泛地形容使文章無力，不如不用。文字有色彩，不仗著多用一些人云亦云的形容，那反叫人家看出作者的想像貧乏。要形容就應力求出色，否則寧可不形容，反覺樸實。

　　有時候，字句都沒有大毛病，而讀起來不夠味兒。應把全文細讀一遍，找出原因。文章正如一件衣服，非處處合適，不能顯出風格。一篇文章有個情調，若用字造句不能盡

第十四章　正確運用技巧

與此情調一致,即難美好。一篇說理的文章,須簡潔明確,一篇抒情的文章,須秀麗委婉。我們須朝著文章情調去選字造句,從頭至尾韻味一致,不能忽此忽彼。儘管有很好的句子,若與全篇情調不諧,也須狠心割愛,毫不敷衍。是呀,假若在我們的藍布制服上,繡上兩朵大花,恐怕適足招笑,不如不繡。

以言大改,則通篇寫完,須看看可否由三千字縮減到兩千字左右。若可能,即當重新另寫一遍,務去枝冗,以期精煉。若只東改一字,西刪一句,無此效也。初稿寫得長,不算毛病,但別捨不得刪改。

還須看看文體合適與否。本是一篇短文,但乏親切之感,若改用書札體[60],效果也許更好,即應另寫。再往大些說:有的人寫了幾部劇本,都不出色。後來,改寫小說,倒成功了。同一題材,頗可試用不同的文體去試試。個人的長處往往由勤學苦練,多方面試驗,才能發現,不要一棵樹吊死人。

---

[60]　書札體:書信體。

第十五章　找準得分點

題目的趣味

姜建邦

在我們的心裡有了一個意思，或是一種情感，我們把這些思想和情感保留下來，寫在紙上，或是給別人看，或是給自己日後覆按[61]——為了這個，我們才動手寫文章。這種思想和情感就是自然的題目。所以文章的意思在先，題目不過是表明自己的文章的中心罷了。

題目的本身，無所謂難易。學生們作文時，常以為題目太難，乃是因為他對這個題目，沒有可說的話。換句話說，就是缺乏寫作的材料時，才感覺題目難。

中國古人寫文章很不注意題目，常常擷取篇首幾個字作為題目。例如《論語》第一句是「學而時習之」，就以「學而」兩字為題。《戰國策》有「秦興師臨周而求九鼎」的記載，就以「秦興師臨周而求九鼎」為題目，其他許多古書都是如此。

---

[61] 覆按：亦作「覆案」，審查，查究。

中國文學中的詞,只有詞譜而無題目。有許多詩也是「無題」的作品。散文中有許多著名的文章,從讀者的心理方面說,題目都是很壞的,引不起閱讀的興趣。例如韓愈的

〈原道〉、〈送孟東野序〉,歐陽脩的〈醉翁亭記〉等。這種題目,若不是作者有名,文字的內容好,是惹不起讀者來花費時間的。

題目的影響

一篇文章的題目,好像個人的衣飾。美麗合體的衣服,能增加人的美觀;破舊汙穢的衣服,能使美人變為乞丐。所以鄭板橋在寄給弟弟的書信裡說:「作詩非難,命題為難。題高則詩高,題矮則詩矮,不可不慎也。」作詩如此,作文也是如此。一個初學寫作的人,對於題目的斟酌,應當和修飾詞句一樣地用功夫。

我曾在《青年日報》時,寫過一篇短文,最初的題目是〈潛藏的能力〉。後來覺得這個題目太生硬,不能引起一般讀者的愛好,就改成〈你常常勉勵自己嗎?〉,使題目和讀者發生關係,並且用一個問題引起讀者的反省。文章寫成後給一位朋友看,他說題目太囉唆,而且有牧師說教的氣味,於是他代我改為〈勉勵自己〉,既簡潔,又不失刺激讀者的能力。

一個動人的題目,是他寫文章的一柄利刃,先給讀者以

第二部分　通用技巧

刺激。如果題目失敗了，全域性即容易陷於危險的境地。現代的作者和著作家都知道此中的重要，所以在文章的題目和書名上，不惜多用心思。

一家外國書店，出版一套藍皮小叢書，銷路雖然好，但是仍不滿意。在重版的時候，將書名換了一個，結果銷路大增。茲將其新舊書名和銷售數目比較如下：

舊書名	每年銷售數	新書名	每年銷售數
《炫舞》	15,000 冊	《一個法國妓女的犧牲》	54,700 冊
《海盜》	7,500 冊	《水手之戰》	10,000 冊
《金絲》	6,000 冊	《追逐銀髮少女》	50,000 冊
《銅面罩奇案》	11,000 冊	《奢欲之王》	38,000 冊
《國王享樂》	8,000 冊	《天下無人與此女共歡》	34,000 冊
《美術的意義》	6,000 冊	《美術對你的意義》	9,000 冊
《十句鐘》	2,000 冊	《馬克爾凶殺案》	7,000 冊
《尼采及其他》	10,000 冊	《尼采哲學的故事》	45,000 冊
《愛因斯坦論》	15,000 冊	《愛因斯坦相對論淺說》	42,000 冊
《墨索里尼的真相》	14,000 冊	《法西斯主義的實況》	24,000 冊
《天然的詩》	2,000 冊	《你是個青蛙 我是個魚》	7,000 冊

總計　（舊）96,500 冊　（新）320,700 冊

把書名換了一個，銷路增加了兩倍。這位出版商人很明白題目對於銷路的影響。

有一次，我把一篇同樣的論文，寫出四個題目，問班中學生看見了這些題目以後，要先讀哪一篇，結果如下：

題目	願意最先讀此文的人數
〈大國民風度的限制〉	八
〈對日本人的正確態度〉	十六
〈賞善罰惡〉	五
〈照各人所行的報應他〉	二

題目的不同,對於讀者確有很大的影響。寫下文章,若是不能引動別人閱讀的興趣,就是作者的失敗。我們應當在擬題時,多用些心思,使你的題目有動人的能力,使讀者看見了題目,一定要把全文讀遍才肯罷休,這才能達到擬題的目的。

最有趣味的題目

題目又像一個人的面貌,是最惹人注意的部分。美人,是因為她的面貌如玉。小說家描寫人物的筆墨多是費在面貌上。明星所以有名,是因為他的面部的表情動人。現代文人深知此理,所以在題目上常是煞費心思,正像美女豔飾她的面部那樣地用心。

怎樣的題目最惹人注意?怎樣的題目最有趣味?

滿足人類欲望的題目最惹人注目。孔子有句話說:「飲食男女,人之大欲存焉。」這是很合心理學的名言。人類最大的欲望就是豐衣足食。在缺乏食物的時候,往往不顧生命的危險和人格的墮落,鋌而走險,以求一飽。我們不但注意自己

第二部分　通用技巧

的肚腹，也關心別人的飢餓，所以同情貧窮人的文章，常受讀者的歡迎。例如〈一個賣火柴的小女孩〉、〈飢餓貧窮的猶太人〉等，都能打動人心。有人猜想全世界的人類至少有三分之一在從事食物的生產和支配的工作。假設有人能寫一篇文章，以〈一個不吃飯的人〉為題目，必定很受讀者的歡迎。

「男女之間」不知產生了多少可歌可泣的故事。著名的小說，大多數都脫離不了「愛情」。中國的名著《紅樓夢》、《西廂記》，歐美的《你往何處去》、《紅字》等都是。異性的動人是出於天性，無法制止。甚至英雄如項羽，被困垓下[62]，在生命垂危的時候，仍高唱著「虞兮虞兮奈若何」；拿破崙臨死時喊著約瑟芬的名字。更有一些英雄為了異性不惜任何代價：曹操領八十萬大軍南下，是為了實現「銅雀春深鎖二喬」；吳三桂引清兵入關，出賣祖國，是「衝冠一怒為紅顏」；英王愛德華八世為了辛博森夫人[63]甘心讓出王位。無怪孔子說「吾未見好德如好色者」了。

女性有如此引人的魔力，所以含有這種魔力的題目，必受人歡迎。所以《燭舞》一題換為《一個法國妓女的犧牲》後，銷路增加了三倍半。不過這個原則要謹慎運用，用得不當則有傷「大雅」，陷於「肉麻」了。

---

[62]　垓下：古地名，位於今安徽省宿州市靈璧縣，是楚漢相爭最後決戰的戰場遺址，被譽為世界七大古戰場之一。
[63]　即華麗絲・辛普森（Wallis Simpson）。

引人好奇心的題目惹人注意。好奇心是人類尋求知識的動力。受著好奇心的驅使,多少人不顧生命去探險。偵探小說所以受人歡迎,就因為它能滿足讀者的好奇心。所以文題帶些神祕性,新奇一點,就有引人的能力了。因之《筆與獄》一題,不如《一個著名罪犯的軼事》,《海盜》不如《水手之戰》。

有一位心理學家,用十個影片名稱做了一個有趣的實驗。他把影片名稱給一百個人看,問他們願意先看哪一齣,其次是哪一齣,最後是哪一齣,得到以下的結果:

題目名稱	得票次序總數	平均次序	名次
《金銀船》	390	3.9	一
《命運》	408	4.08	二
《貪心》	451	4.51	三
《曼拉贊之王》	479	4.79	四
《第二位少年》	507	5.07	五
《鋼一般的真實》	551	5.51	六
《誰關心呢》	586	5.86	七
《棄婦》	679	6.79	八
《灰兄弟》	698	6.98	九
《瑪麗的朋友》	751	7.51	十

《金銀船》所以獲得第一,是因為它含有冒險的啟示,有神奇的聯想。《瑪麗的朋友》一題並不算壞,只因該題缺少力量,使人一看題目,似乎就可以猜想影中的故事了。

具體的題目比抽象的題目好。抽象的題目引不起人的聯

想,所以具體的題目最受人歡迎。

有趣味的題目比普通的題目好。人們閱讀的目的之一是為了消遣,所以有趣味、帶些幽默性的題目,容易受人歡迎。

使題目和讀者發生關係。人類最關心的是自己的事。如果能使題目所講的是讀者自己的事,那麼效力必大。例如〈美術的意義〉不如〈美術對你的意義〉,〈勉勵自己〉不如〈勉勵你自己〉。

美感新鮮的題目好。一篇生硬的論文,加一個生動而美麗的題目,可以增加不少的讀者。

小題目比大題目好。範圍太大不容易捉摸。所以題目的範圍要小。例如〈青年的修養〉就太大,不如〈謙虛的涵養〉好些;〈遊西湖記〉就太大,不如〈在放鶴亭上〉好些。因為要寫的東西太多,就不容易寫好,把範圍縮小,在詳盡中便產生了較好的文字。

好題目巡禮

我們讀名人的文章,同時也應當注意他們的標題。創造始於模仿,從一些好文章的題目上我們可以學會怎樣擬個新鮮美妙的文題。

小品文的題目,大都是很短的,只寥寥幾個字。例如

巴金的〈家〉、冰心的〈分〉、郭沫若的〈癰〉、李守常[64]的〈今〉，都是一個字；朱自清的〈背影〉、蘇雪林的〈收穫〉、魯迅的〈看戲〉等都是兩個字；豐子愷的〈做父親〉、夏衍的〈包身工〉等是三個字。

近代散文、小品文的題目，以四個字、五個字的為最多。例如：

- 茅盾：〈浴池速寫〉
- 韜奮：〈分頭努力〉
- 沈從文：〈辰州途中〉
- 廖世承：〈青年生活〉
- 胡適：〈最後一課〉
- 林語堂：〈做文與做人〉
- 陶行知：〈不如學阿爾〉
- 金仲華：〈求生的道路〉
- 尤佳章：〈消夏的科學〉

我曾統計《新少年讀本》、《文章例話》、《北新文選》，發現四個字、五個字的題目占全數百分之四十五之多。可見四五字的題目最為流行，讀來也最流利。

說明文和議論文的題目字數，常比記敘文、描寫文、抒

---

[64] 李守常：即李大釗。

第二部分　通用技巧

情文等多些，有時在十字以上。例如蔡元培的〈怎樣才配稱作現代學生〉，饒上達的〈打破思想界的四種迷信〉，都是很長的。

下面是一些很好的題目，可以做我們的參考：

- 葉聖陶：〈假如我有一個弟弟〉
- 韜奮：〈事非經過不知易〉
- 夏丏尊：〈整理好了的箱子〉
- 畢雲程：〈怎樣把自己毀了〉
- 唐鉞：〈可惜太聰明了〉
- 葉紹鈞：〈沒有秋蟲的地方〉
- 翁文灝：〈回頭看與向前看〉
- 董秋芳：〈爭自由的波浪〉
- 金仲華：〈求生的道路〉
- 冰心：〈一個不重要的軍人〉

最難寫的一句話

姜建邦

起頭難

中學生寫作文最感到困難的是開頭幾句。教師把題目寫出之後,課室裡的百態是極有趣的:有的把筆含在嘴裡,仰頭看著天花板;有的用筆在桌上敲得篤篤地響;有的卻拿硯臺來出氣。或者抓頭挖耳、摸嘴探鼻,或者咬著筆桿,或者皺著眉頭,都表現出一種心思不定的樣子。

作文的第一句,難住了多少聰明的學生。難得沒法,就搬出老調子「光陰似箭,日月如梭,轉瞬間⋯⋯」或是「人生於世⋯⋯」、「蔚藍的天空」、「光陰如流水般過去⋯⋯」不然就是粗製濫造,寫得與題目相差極遠。

作文寫不出第一句,有時固然由於缺乏材料,無話可說;但也有時是因為要說的話太多了,不知從何說起,或者是滿腔的心思,卻不知如何表現。正像走進五光十色的百貨商店,花樣太多,倒有些眼花起來,不知道選擇哪一種貨色的好。劉勰在《文心雕龍・神思篇》裡也有同樣的意思,他說:

> 夫神思方運,萬途競萌,規矩虛位,刻鏤無形。登山則情滿於山,觀海則意溢於海,我才之多少,將與風雲並

第二部分　通用技巧

驅矣。方其搦翰[65]，氣倍辭前，暨[66]乎篇成，半折心始。何則？意翻空而易奇，言徵實而難巧也。

意思就是，我們常是在寫文章之前，彷彿意思很多，但是到了寫的時候，又覺得沒有意思可寫了。

文章開頭的幾句，的確是很難的，連古今著名的文人也嘗過屢修屢改屢不滿的經歷。據說歐陽脩作〈醉翁亭記〉，初起稿時將滁州四面的山一一加以描寫，但不自安。修改十數次，最後改為「環滁皆山也」，才連寫下去，文氣充足，連用了二十一個助詞「也」字。

彼拉多寫《共和篇》[67]第一句，寫了幾種不同的格式，然後才獲得滿意。

蘇東坡作〈潮州韓文公廟碑〉，苦於不得首句，屢改其稿凡[68]百十次，幾至擲筆。後來忽得「匹夫而為百世師，一言而為天下法」，以後便勢如破竹，一氣呵成。

作文第一句難寫的另一個原因是，我們的思想因為先前的方向，還沒有能集中在這個題目上，力量分散，所以沒有滿意的佳句。及至思想集中，全力以應付此題，那麼不但第一句可以滿意地寫出，連下文也滔滔不絕地順著筆尖流露出

---

[65]　搦（ㄋㄨㄛˋ）翰：持筆。
[66]　暨：及，等到。
[67]　即柏拉圖《理想國》。
[68]　凡：共。

來了，這種情形，普通稱為「思路」。只要路通了，思想便源源而來。

第一句的重要

文章的第一句雖然難作，但是卻非常重要。「作文的開頭，猶如畫家作畫時的第一筆。此第一筆即將畫之全部決定矣。」王安石文章的妙處，全在首數句；呂祖謙作《東萊博議》[69]，發端一二句最用功夫。一般讀者往往因著第一句的好醜，來決定該文有無閱讀的價值。清朝科舉時，監考官只閱首七句，就決定作者是否錄取。應用心理學者克倫[70]論著述的心理說：「當著述者開始書寫作品的時候，他常在開始幾段中調節適當。」

有經驗的作者都知道「第一印象」的重要。所以絕不把最先數行的文字和思想輕忽、粗製濫造，以便藉此抓住讀者的興趣。

明白第一印象的求業者，第一次去和聘請的人談話，應當穿著最整潔的衣服，擺出文雅的姿態，把要說的話事先預備妥當，怎樣進去怎樣出來，這些事都會給聘請人留下一個不可磨滅的印象。教師初到一個學校，要把功課預備得特別

---

[69] 《東萊博議》：即《左氏博議》，又名《東萊先生左氏博議》。
[70] 即喬治・W・克萊恩（George W. Crane）。

第二部分　通用技巧

純熟，第一課所講的話，特別新穎動人，談吐的聲調，特別清楚悅耳，這樣你便能得到學生們大部分的敬佩了。以後的表現雖然差些，他們也會說你是一位可敬佩的先生。

戀愛的人中有許多是一見傾心，或是第一次印象不忘，後來才追逐相愛的。

商人都是把最好的貨色陳列在外面。裡面的房子不妨是中國的古式矮房，外面卻建築得巍巍峨峨，是十足的歐美式樣。

銀行的樓房，向來比任何機關的建築都要考究，並非因為銀行是有錢的職業，原因是銀行的經理都知道雄壯富麗的銀行，可以使人一看就發生相信之心，甘願把款子存到這裡。

許多作家都因為第一部作品得名，後來的作品雖然差些，讀者也都歡迎。美國文人賽珍珠的《大地》出版，頗獲盛譽。其後出版的《愛國者》等書，雖有不及，卻因《大地》的名聲而仍有極好的銷路。許多人都明白「不鳴則已，一鳴驚人」的利益。

文章首句既然如此重要，那麼，怎樣的開端最受人歡迎呢？這個問題的回答和「引人興趣的題目」相同。最要緊的是：

(1) 引人入勝，使讀者感到後文的神祕，自然要讀下去了。
(2) 引起讀者的懷疑，所以讀後文以求解答。
(3) 引起讀者的美感。

怎樣開始

如果說文章的題目猶如人的面貌，那麼文章的第一句就好像人的衣服和裝飾。有美麗的衣飾和入時的裝飾，可以增加人的美貌，招惹人的青睞。我們怎樣開始寫第一句呢？這個問題自然沒有絕對的答案，不過從許多文章中可以得到一些參考，如下：

◆ 以別人的話和往事開始

(1) 章錫琛〈職業與趣味〉：「俗語說：吃一行，怨一行。」
(2) 魯迅〈最先與最後〉：「韓非子說賽馬的妙法，在於『不為最先，不恥最後』。這雖是從我們這樣外行的人看起來，也覺得很有道理。」
(3) 饒上達〈打破思想界的四種迷信〉：「我曾聽見一個人說：中國目前的學術界不但談不上『科學』二字，就是『思想』兩字，也很難承受不愧。」

引用別人的話，或借往事開頭，應當注意所引用的話必須恰合題目，藉此以打通思路，是一個又便利又有效的開山之斧。這種方法適用於任何體裁的文章。

第二部分　通用技巧

◆ 以問題開始

(1) 劉薰宇〈求學和致用〉：「人為什麼要求學？這個問題的回答向來有兩派……」

(2) 胡適〈差不多先生傳〉：「你知道中國最有名的人是誰？」

(3) 王光祈〈工作與人生〉：「什麼是工作？」「為什麼要工作？」「工作的定義就是以自己的勞力做成有益於人的事業。」

(4) 鄒韜奮〈修養與事業〉：「絕對靠得住的是誰？這個問題似乎很難得到一個絕對的答覆……」

文章用問題開始，多用於說明文和議論文。如果運用得法，藉著問題，引起讀者的疑問和求知的欲望，他們定會欣欣然地捧讀你的大作。

◆ 以描寫句開始

(1) 茅盾〈雷雨前〉：「清早起來，就走到那座小石橋上，摸一摸橋石，竟像還帶點熱。」

(2) 豐子愷〈做父親〉：「樓窗下的弄裡，遠遠地傳來一片聲音，『咿喲，咿喲……』漸近漸響起來。」

(3) 茅盾〈浴池速寫〉：「沿浴池的水面，浮出五個人頭。」

(4) 沈從文〈辰州途中〉：「小船去[71]辰州還約三十里，兩岸山頭已較小，不再壁立拔峰，漸漸成為一堆堆黛色與綠

---

[71]　去：相距。多用在文言文表達中。

色相隔間的丘阜[72]。」

以描寫句開始的文章，多半是描寫文、記敘文和抒情文。第一句的描寫必須更加逼真，景中含情更好。

◆ 以生活中的瑣事開始
(1) 葉聖陶〈假如我有一個弟弟〉：「假如我有一個弟弟，他在中學校畢業了，我想對他說以下這些話。」
(2) 謝六逸〈家〉：「遠道的友人來信說，不久要把家搬到上海。」
(3) 郭沫若〈癰[73]〉：「十年前在胸部右側生了一個小癤子，沒有十分介意。」
(4) 須林娜〈文明的曙光〉：「那時我還是一個沒有到九歲的孩子，一天早晨在我家所住的山峰上散步。」

文章從生活中的瑣碎事談起的，為數很多。許多小品文、說明文都是用的這種寫法。作者借一件小事開啟思路，後文便把要說的真話道出，或者講篇比較深的道理。

例如，葉聖陶在〈假如我有一個弟弟〉的後文說明了中學生的三條出路；謝六逸在「遠道的友人來信說，不久要把家搬到上海」的後文，是勸告青年在事業沒有成功之前，自己

---

[72] 丘阜：山丘。
[73] 癰（ㄩㄥ）：一種皮膚和皮下組織的化膿性炎症。較小症狀稱為癤，較嚴重的稱為癰。

不宜有一個小小的家;郭沫若在「十年前在胸部右側生了一個小瘤子」的後文,藉白血球因與病菌抵抗而死化成膿,說明中國人的白血球依然是有抵抗外敵的本領的!

其餘例子類似這種文體的,寫得合法,便極有力量,藉著前面輕鬆的描寫,比襯出後面的至理名言,文勢特別雄壯動人。

◆ 以破題句開始

(1) 胡愈之〈青年的憧憬〉:「青年所需要的是憧憬。」
(2) 廖世承〈青年生活〉:「世界上最寶貴的是生命,生命中最寶貴的一個階段是青春時期。」
(3) 黃懺華〈工學主義〉:「工學主義,就是把做工和求學打成一片,同時舉行,同等看待。」
(4) 魏志澄〈戰爭與和平〉:「戰爭是可怕的,和平是可愛的。」
(5) 夏丏尊〈希望與顧慮〉:「對於成人青年有兩種反對的心情:一種是對青年抱希望,一種是替青年顧慮。」

這種文章,開頭第一句就把題目說破,將本文主要的意思,明白地告訴讀者,然後再詳細分述,或者逐條證明,有「開門見山」的功效。在倫理學中,這種方式叫做演釋法[74],是寫短小精悍的文章的妙法。讀者看了第一句就不忍釋手,

---

[74] 演釋法:即演繹法。

定要知道其理由。

在中國古文裡，韓愈寫〈送孟東野序〉，第一句說「大凡物不得其平則鳴」，把全篇大意道出，然後逐步證明，也是此法的變形，可以說是演繹法的妙筆。而歐陽脩作〈秋聲賦〉，開頭是「歐陽子方夜讀書，聞有聲自西南來者」，非常清爽，是以生活中的瑣事開始，隨後說了一篇人生的奧祕，可為歸納法的代表。這兩種方法，一是先嚴肅後輕鬆，二是先輕鬆後嚴肅，都是文人的手筆，有很大的效力。

◆ 以奇異的筆調開始

(1) 林語堂〈做文與做人〉：「做文可，做人亦可，做文人不可！」
(2) 高士其〈寄給肺癆貧苦大眾的一封信〉：「肺癆是人人都有的。」
(3) 梁啟超〈人生目的何在〉：「嗚呼！可憐！世人爾許忙！忙個什麼？所謂何來？」
(4) 李石岑〈工作〉：「一個八十歲帶瘋勢的老婦，忽然從樓上跌下。」

這許多的開始語句，都是驚人聽聞的，使讀者不知其中有何奧祕，引起他們的好奇心，於是他們便樂於讀下去了。用這種語法，必須有相當的技巧方可，否則容易弄巧成拙，反而減少了效力。

第二部分　通用技巧

怎樣收束你的文章

作文的收束和開頭是一樣重要的,如果有一個精采的末句,便可以給讀者一個不滅的「最後印象」,趣味不盡。像駱賓王〈為徐敬業討武曌[75]檄〉,最後一句說:「請看今日之域中,竟是誰家之天下?」讀之快人心意。歐陽脩《秋聲賦》在論人生哲理之後突然收束說:「但聞四壁蟲聲唧唧,如助予之嘆息。」讀之令人如何輕快!這都是結束的妙筆。

據說王實甫寫《西廂記》至最後數句:「碧雲天,黃花地,西風緊,北雁南飛。」自己非常得意,竟快樂得暈過去,一命嗚呼了。

金聖歎批《西廂記》,對後人補寫之四章很不滿意,預備不批,但讀到最末一句:「願天下有情人,盡成眷屬。」十分嘆服,因此保留該書補寫之四章。

普通作文的結尾,多是複述前意,做結論,常用「總而言之」、「總觀上言」、「總之」等語。至於描寫文、記敘文和抒情文就沒有一定了。

---

[75]　曌(ㄓㄠˋ):同「照」。武則天所造十九個新字之一,用以為己名。

材料的蒐集

姜建邦

巧婦難為無米之炊

作文好像造房子一樣，必須先預備充足的材料，然後才能造出房子來。如果沒有木石磚瓦和其他必需的東西，即使是最有名的建築師，也必定束手無策。

中學生作文的最大困難，就是「無話可說」。教師把題目寫在黑板上半天了，學生窮索苦思，連一句也寫不出來。有些學生，逼得無法，買了《作文描寫辭典》、《全國中學生作文精華》一類的書籍，藏在案下做助手，以救一時之急。也有些學生請人代作，捱過這個難關。可見「無話可說」的逼人了。

「無話可說」就是缺乏材料。中學生作文的困難之中，第一是學識不足，第二是缺乏材料，第三是經驗不足，其實這三樣都是「無話可說」的根源。

缺乏材料的文章，必定內容空虛、言之無物，絕不會有優美的作品產生。中學生平日對於材料的蒐集、寫作的修養，都太欠功夫。而一般國文教師，又大都只教學生作文方法，這好比叫青蛙在陸地上游泳一樣，沒有水哪裡能游泳？

第二部分　通用技巧

　　思想、經驗、觀察、學識，都是作文的主要材料，我們將要分別論之。

文人蒐集材料的苦心

　　著名的文人，都不惜以悠長的歲月、全副的精神，從事於材料的蒐集。下面都是文人蒐集材料的故事：

　　晉朝文人左思[76]作〈齊都賦〉，一年方成。作〈三都賦〉時，構思十年，方才脫稿。在寫作期間，凡門庭藩溷[77]，皆置紙筆，偶得一句，立刻寫下。他這樣地用心，無怪文成之日，富豪之家，競相傳寫，一時洛陽為之紙貴了。

　　唐代詩人李長吉[78]曾騎驢尋詩。每天早晨，騎著一匹瘦驢，命書僮背著錦囊，跟在後面。每逢得詩句，立刻寫下來，投到囊裡。到晚上次家時，取出整理下，便成詩一束。

　　施耐庵寫《水滸傳》，其中梁山泊一百零八個好漢的面目，都先畫出來，張貼在壁間，朝夕凝思。經過這一番研究和觀察的功夫，所以《水滸傳》裡的人物，都有他們的個性，毫不模糊。

---

[76]　左思（約西元250～305年）：字泰沖，西晉文學家，其〈三都賦〉被人稱頌，造成當時「洛陽紙貴」。
[77]　門庭藩溷（ㄏㄨㄣˋ）：指家中各處。藩：籬笆。溷：廁所。
[78]　李長吉（西元790～816年）：即李賀，字長吉，唐朝中期浪漫主義詩人，與李白、李商隱並稱為「唐代三李」。後世稱其為「詩鬼」。

第十五章　找準得分點

蒲松齡寫《聊齋誌異》以前，喜歡坐在道旁，遇見人就請他坐下吃茶抽菸，並且講個鬼怪的故事。他用這種方法蒐集材料，後來整理一番，成就了這本《聊齋誌異》。

蘇東坡被貶黃州的時候，也喜歡找人談鬼怪事。人說沒有，他便說：「姑妄言之[79]。」他把所聽到的鬼怪故事，做寫文章的材料。

外國的作家，也有許多蒐集材料的故事。美國作家辛克萊，在寫作之前，必定到外面去訪問必要的地方，閱讀必要的檔案，蒐集必要的材料。丹麥作家易卜生寫劇本的時候，不但研究所要寫的角色，並且要研究到角色的祖先。福樓拜的名著《聖安東的誘惑》[80]，費了二十年的預備工夫。杜倫的名著《哲學的故事》，費了十一年的時間蒐集材料，用三年的時間寫成。

蒐集材料，固然要靠平日的注意，但有時為了應付臨時的需要，可以做一次特別的工作。例如法國作家左拉，為了描寫妓女的生活，自己特地跑到巴黎下層社會裡去鬼混了些日子。文西為了研究人死時的表情，自己跑到法場去看犯人殺頭。

莫泊桑是「短篇小說之王」。少年時跟福樓拜研究文學。

---

[79]　姑妄言之：漢語成語，意思是姑且隨便說說，不一定有什麼道理。
[80]　又譯為《聖安東尼的誘惑》。

老師命他到街頭寫一百個車夫的姿勢。莫泊桑就特為坐在路旁觀察各車夫的特點,然後才滿意地交了卷。後來,有一次他要知道一個人被人家踢痛後的痛苦的光景,特地出了許多錢去買一個人來踢,好藉此來精細地觀察。這種方法原是他母親告訴他的,他的母親說:「幾時你要寫一樣東西,定先要把這樣東西觀察得十分清楚,然後下筆。」

蒐集材料的工具

有幾種工具是蒐集材料時很有幫助的,寫在下面:

◆ 用腦子思索

在動筆寫作之前,要先思索一番,想想如何開頭,如何結尾,中間寫些什麼,然後才有完整的作品。前面我曾引過王勃屬[81]文時酣飲而臥的故事。其實他在酣飲之後,引被覆面臥的時候,正是他聚精會神從事思索的時候。如果我們以為他睡覺了,那真是受了他的欺騙。

哲人尼采在寫作之前,總是先到外面散步,為的是要在清靜的地方做思索的功夫。

有時我們要將思索心得,寫下來儲存,以備應用。否則往往到用時,就忘記得無影無蹤了。

---

[81] 屬:破音字,此處讀ㄓㄨˇ,意為連綴字句。即撰寫(文章)。

◆ 用眼睛觀察

據心理學家的研究，吾人一生的知識至少有百分之七十五是由觀察得來的。眼睛對於作文有最大的幫助。記敘事物，必須靠觀察；抒寫情景，也必須靠觀察。古人常說文人要多遊名山大川，張開自己的胸襟，這就是說要多多觀察。觀察得多，作文就不枯窘；觀察得精，作文就不膚淺。「作文的趣味」一章裡所說的李長吉、左拉、莫泊桑等人的故事，都是寫好文章必須有精密的觀察的證明。

◆ 用耳朵去聽

用耳朵去聽取材料，對於作文也是很有幫助。中國古人說好文章要寫得「有聲有色」。有色是靠眼睛，有聲是靠耳朵。天地間森羅永珍，有時要用眼看，有時要用耳聽。比如歐陽脩的〈秋聲賦〉：

> 歐陽子方[82]夜讀書，聞有聲自西南來者，悚然而聽之，曰：「異哉！」初淅瀝以蕭颯，忽奔騰而澎湃，如波濤夜驚，風雨驟至。其觸於物也，鏦鏦錚錚[83]，金鐵皆鳴；又如赴敵之兵，銜枚[84]疾走，不聞號令，但聞人馬之行聲。

---

[82] 方：正在。
[83] 鏦鏦錚錚：金屬碰擊所發的聲音。
[84] 銜枚：古代行軍或襲擊敵軍時，讓士兵銜枚以防出聲。枚：形似竹筷，銜於口中，兩端有帶，繫於頸上。

第二部分　通用技巧

這種描寫完全是靠耳朵的。其他像白居易的〈琵琶行〉，幾乎完全是聲音的描寫。

◆ 用口多讀

書籍是前人經驗的記錄，是蒐集材料的捷徑。每個有名的作家，都是讀破萬卷書的；不學無術的人，不會產生優美的作品。杜甫有句話說：「讀書破萬卷，下筆如有神。」俗話說：「熟讀唐詩三百首，不會作詩也會吟。」新文學家孫伏園也說：「書是前人經驗的帳簿，查閱起來，當然可以得到許多東西。」

古今有名的文章。你如果能多看多讀，它的結構、它的作風，它的字句上的技巧以及思想的路徑等，才能體會得到，對於你的作文才有很大的幫助。

用口多讀雖笨拙，然而確是最有效的方法。世界上許多事物是用最拙笨的方法造出來的。一個人書讀得多了，自然有豐富的材料可以供你作文之用了。

◆ 用手多寫

人的記憶是靠不住的，所以我們眼睛觀察得來、耳朵聽取得來、腦子思索得來、書裡閱讀得來的一些有用的資料，必須用手抄錄下來，以備遺忘。古今多少文人都在札記上下苦功夫。把眼睛看見、耳朵聽見的資料，寫成速寫和日記，

或是隨意寫在一張紙上，然後分類儲存，這些都是文人的產業，像商人的棧房[85]一樣的可貴。俄國文豪高爾基就是一個勤做札記的文人。柴霍夫[86]遇見風景人物，或特殊事件都記下來，寫小說時便翻開自己的材料庫來找需要的材料。革拉特珂夫把他平日的札記整理補充成為一篇〈士敏土[87]〉。中國名著《日知錄》、《閱微草堂筆記》、《讀書雜誌》等，都是札記的代表。

想到了便寫，聽到了便寫，看到了便寫，這是練習作文的最好方法。也許你最初寫不好，日子久了，自會寫得好。因為你的精神蓄藏已經豐富了。

想像也是材料的來源

以上五種——眼睛、耳朵、腦子、手和口都是供應作文材料的有力分子，除此以外，還有想像也是作文材料的主要來源。

作文固然要靠觀察和經驗，但是經驗和觀察有時是不完備的，必須用想像來補充。從知道的推想不知道的，從經驗過的推想到沒有經驗過的，從觀察過的推想到沒有觀察過的。這樣，把不很完整的材料可以組織得更加完整。

---

[85] 棧房：存放貨物的地方。
[86] 即契訶夫。
[87] 士敏土：英文「cement」的音譯，即水泥。

第二部分　通用技巧

夏丏尊先生曾有以下的話：

經驗以外，猶有一個重大要素，就是想像。左拉雖然經驗了酒肆的狀況，但對於其小說中的男女人們的淫蕩是難有直接經驗的。費羅貝爾雖嘗試過砒霜的味道，但女主角的臨死的苦悶是無法嘗到的。莎士比亞曾以一人描寫過王侯、小民、戀愛、殺逆、見鬼、戰爭、城妒、重利盤剝、妖怪等等。被斥為專描寫性欲的莫泊桑，一生中也未曾有過異常的好色經驗。可知經驗並不是文藝的唯一內容。文藝的本質是美的情感，情感固可緣經驗而發生，亦可緣想像而發生。我們對著汪洋的海，固可起一種情感，但即使目前無海，僅喚起了海的想像時，也一樣地可得到一種情感的。藝術不是自然的複製，是一種創造。在這意義上，想像之重要，實過於經驗。雖非直接經驗，卻能如直接經驗一般描寫著，雖是向壁虛造[88]，卻令人不覺其為向壁虛造，這才是文藝作家的本領。

（《文藝論 ABC》第五章）

---

[88] 向壁虛造：也說向壁虛構，指對著牆壁，憑空造出來的。比喻無事實依據、憑空捏造。

正確使用標點符號

沐紹良

　　明朝的時候,有一個著名的滑稽家,他的名字叫徐文長。這個人,據說是很有學問的,不過他的行為——卻並不和當時一本正經的讀書人一樣——非常滑稽,因此他有許多滑稽的故事,一直流傳到現在。

　　有一次,徐文長到他的朋友家裡去,一住就是好幾天。那時候正是黃梅時節,天天下雨。徐文長託故天雨不能行路,盡賴在朋友家裡,吃吃睡睡,談談笑笑,像在自己家裡一樣。他的朋友,因為徐文長住得久了,就討厭起來。暗想徐文長是最難對付的人,如果天一味下雨,說不定他會一味住下去,就想出了一個辦法:寫了一張字條貼在客堂裡,讓徐文長瞧到了,自知沒趣,不再居住下去。那張字條上寫著「下雨天留客天留我不留」十個字,意思是說:天雖然每天下雨留住你(指徐文長),但這裡的主人可不曾留你。

　　徐文長看到了那張字條,默讀了一遍「下雨天留客天留我不留」,就明白主人是在討厭他。可是他覺得主人這種辦法實在太使他難堪了,不由得惱羞成怒,想出了一個妙法,把那張字條上所寫的話不改一字,高聲朗讀道:「下雨天,留客天,留我不?留!」接著還大笑說:「呵呵!主人這樣盛情,

第二部分　通用技巧

真使我卻之不恭。本來我想今天告辭,既然這樣,我再住幾天吧。」

原來從前的人,無論寫什麼,都往往不注意文句的標點,因此那張字條上的文句,可以有兩種意義絕對相反的讀法。聰明的徐文長就抓住了主人不注意文句標點的弱點,故意和主人為難。

從這個故事裡,我們得到了一個教訓,這教訓就是:文句寫好之後,必須加上標點。不但短短的幾個文句是這樣,就是長長的一篇文章,標點也絕對不可省略。否則,在文章裡自己發表的意思,就有被讀者誤解的危險。

現在我們就來研究一下標點符號,標點符號一共有十二種。

第一種是句號。符號的形狀是一個小圓圈,用在文句末尾的地方。例如:「他哭了。」的「。」。

第二種是逗號和頓號。逗號的形狀像一隻小蝌蚪,頓號的形狀像一粒芝麻。逗號用在長句中語氣中止的地方,頓號用在文句中許多運用的同類詞中間。例如:「大家應該努力,使自己的品行、學問、身體都好起來。」的「,」和「、」。

第三種是分號。形狀是逗號的上面加一個小黑點,用在一句中幾個很長而並列的分句中間。例如:「天氣熱了,固然

熱得令人難受；冷了,也會冷得令人受不住。」的「；」。

第四種是冒號。形狀是兩個小黑點一上一下,用在總起下文或總結上文的地方。例如:「他的玩具很多,有:小狗、木馬、洋囡囡、喇叭、銅鼓、小汽車和泥菩薩。」又如「忽聽得一片呼救聲、哭呼聲、搬物聲、狗吠聲,雜然並作:原來是起火了。」中間的兩處「:」。

第五種是問號。形狀像一隻耳朵,用在疑問句的末尾。例如:「他怎麼啦?」的「?」。

第六種是驚嘆號。形狀是小黑點的上面加上一豎,用在各種感情激發的文句末尾處。例如:「真想不到他這次竟得了第一名!」的「!」。

第七種是括號。形狀是上下〔豎排時是上下對稱的⌒⌣,橫排時是左右對稱的()〕對稱的兩條弧線,用在文句中夾注的地方;凡是夾注的部分,都括在括號裡。例如:「對於他(善於說謊的他),你不要十分信託。」的「()」。

第八種是引號。分為兩種:一種是單引號,形狀是上下兩個反方向的直角,都用單線畫出;另一種是雙引號,形狀和單引號相同,但都用雙線畫出。雙引號用在稱述言語的前後,單引號用在稱述言語中的言語的前後。例如:明兒的姐姐說:「我聽爸爸說:『明天我們一家要到上海去了,所以我現在很快樂。』」的「」和『』。

第二部分　通用技巧

　　第九種是破折號。形狀是一條直線，用在文句中，語氣轉變的時候。例如：「炎熱的夏天來啦 —— 那也不用煩惱，一等過了夏天，就是涼爽的秋天了呢。」的「——」。

　　第十種是省略號。形狀是一條直的虛線，用在文句被省略的時候。例如：「花園裡的花可真不少，有：月季花、桃花、杏花、李花……萬紫千紅，把整個花園裝點得非常熱鬧。」的「……」。

　　第十一種是私名號[89]。形狀和破折號相同，但破折號是用在文句中間的，私名號卻用在文句中私有名詞的旁邊（豎排時在旁邊，橫排是在下面）。例如：「中華民國的國父是孫中山先生。」的「＿＿＿＿」。

　　第十二種是書名號。用在文句中書名的旁邊。例如：「我愛讀的書有《新少年》、《小朋友》、《兒童世界》、《兒童雜誌》等。」的「《》」。

　　我們平時在寫文章的時候，都應該照上面十二種標點符號的使用法，加上標點。假使不加標點，萬一遇到了第二個徐文長，我們的文章就要遭殃了。

---

[89]　私名號：用於專有名詞，現已不常用。

第十六章　掌握精進訣竅

寫作的修養

姜建邦

　　學生作文的困難之一是「沒有寫作的興趣」。這一點固然教師應當擔負部分的責任，例如，所出的題目不合學生的心意，或是在青年所有的經驗之外，以致他們對作文抱著「望之生畏」的態度。但是，學生也要擔負部分的責任，有時興趣是給你自己消滅了。更進一步說，你所以對作文沒有興趣，也許因為你沒有培養你的興趣。

培養你的寫作興趣

　　怎樣培養你的寫作興趣呢？下面的幾點，對於你很有幫助：

◆ 興趣是從實際的工作中產生的

　　普通人最感覺興趣的事是他最熟悉的事，換句話說，他對於會做、做得比別人好的事情，就感覺有趣味。反之，就

第二部分　通用技巧

覺得索然無味。例如，一個人打乒乓球打得很精采，他自然對打乒乓球特別有趣味。但是他在還沒有練習到精采的地步的時候，也許不感覺有興趣，如果能忍耐地練習下去，直練到超越別人的時候，他就興致淋漓了。

我們練習寫作，開始的時候，感覺沒有興趣，不是寫作本身沒有趣味，是因為我們還沒有把寫作的興趣培養起來。如果你能忍耐地、不間斷地練習，等到你寫作的能力比較健全的時候——尤其是你的作文比別人精采的時候，你就覺得寫作有興趣了。

培養寫作興趣的第一個方法是：開始練習寫作，努力越過一個極無味、極艱難的階段，你便走到對寫作有興趣的路上了。記住：興趣是從實際工作裡產生的。

◆ 寫作的興趣常是由閱讀引起的

我們常對熟悉的事多有興趣，所以一個人書報閱讀得多了，會對寫作發生興趣。許多文人都說他們少年時喜歡看書。冰心女士的故事，前面已經引述過了，現在再看王統照的自白：

記得我最早學看小說是在十歲的那年……家中找不到這類的書，便託人借看，以滿足幼稚的好奇心。那時，給我家經管田地事務的張老先生的大兒子對我說，他有一部全的

《封神榜》,我十分羨慕,連忙催他回家取來……從此……早飯時從書房回來,下午散學,晚飯以前,都是熟讀這部新鮮書的時候。再過一年,便看到一部小字鉛印的《今古奇觀》……

(《王統照選集・我讀小說與寫小說的經過》)

我們培養寫作興趣的第二種方法是:多多閱讀新舊的書籍,讀得多了,便會引出寫作的興趣來。

◆ 常和喜歡寫作的人來往談話,會增進你的寫作興趣

我們的許多活動,是受了刺激以後的反應。我們多和朋友來往,就獲得許多刺激,所生的反應,往往是有益的。

我有一次到一位大學的教授家裡去,看見他的書房裡四壁都是圖書。並且這位教授說,他的錢除了維持最低的生活費用以外,都用在買書上,甚至衣服都不肯添件新的。我聽了他的話,又看見他那樸素的服裝、淵博的學問,就立志以後也努力節省用錢,可以多買些書籍。這種模仿心就是一個刺激的反應。

我們如果常和喜歡寫作的師友往來,他的談話、他的稿件、他的成績,都會刺激我們寫作的興趣。

有一次,我到一位朋友家裡,看見他的書桌上放著一本剪貼簿,裡面都是他平日在報紙副刊和雜誌上發表過的文

第二部分　通用技巧

字,剪貼起來,成了厚厚的一冊。我回來以後,也照樣地把自己的作品剪貼起來,並且勉勵自己要更多地寫些文章。這就是和喜歡寫作的人往來所引起的興趣。

多和喜歡寫作的人往來,他們會給我們一些刺激,可以培養我們寫作的興趣。這是第三個方法。

◆ 有寫作的志願,就有寫作的興趣

如果你有一個寫作的志願,那麼你就有了寫作的興趣。法國文人雨果,從小就嗜好文學,他十四歲的那年在練習簿上寫道:「不做夏多布里昂,誓不為人。」夏多布里昂是當時的一位著名文人。雨果在這一次立志之後,對文學便更加有興趣了。

曾國藩很注意少年人的立志,他寫信給自己的兒子說:「天下事無所為而成者極少。有所貪、有所利而成者居其半。有所激、有所逼而成者又居其半。」

培養寫作興趣的第四個方法是,鞭策自己,立定志願要學習寫作,那麼你的興趣便會油然而生。

寫作需要天才還是需要努力

天才是什麼東西?我認為天才就是個人的潛在能力得到了充分的發展,天才並不是什麼神祕的東西。

第十六章　掌握精進訣竅

我們每一個人都有潛在的能力,好像一個花苞,得到適當的滋潤和日光,沒有害蟲和小鳥的毀壞,它自然會開出一朵肥美碩大的花兒。這有什麼神祕的呢?

多少人的潛在能力未能得到充分的發展,好像一個花苞,外面有了一層包圍的東西一樣,結果埋沒一生,還說是沒有天賦。這豈不是冤枉!我們每一個人都有天賦,不過有人把它發展出來,有人把它埋藏罷了。

我們練習寫作,要靠天賦嗎?

俄國文豪高爾基說:「我的成功百分之八十是由於努力,百分之二十是由於天賦。」可見努力比天賦更為重要。

福樓拜說:「天才,無非是長久的忍耐。」宋人呂居仁說:「作文必要悟入處,悟入必自工夫中來,非僥倖可得也。」這些都是努力比天賦更加重要的證明。

天才不是神仙,他和我們一樣的有皮肉、要吃穿,他也是社會裡的一員。天才沒有等級的差別,不過稟賦略有高低而已。然而這種稟賦的高低,並不影響將來成就的大小。例如發明家愛迪生幼時並不聰明,在同班裡同學常常落後,小學老師甚至認為他是低能兒,但是後來他卻成了最偉大的發明家。小說家巴爾札克做學生時,常因為功課不好而受罰,老師評定他是智能低下。他最初寫的一首史詩,粗笨的詩句引起全體師生的哄堂大笑。但是他並不自餒,仍舊努力學

第二部分　通用技巧

習，結果成了寫實派最偉大的小說家。尚有許多貢獻極偉大的人，後來我們說他們是天才，但是小時人人都以為他們的智能低下。所以說，我們應當依靠努力，不可依賴天賦。依賴努力而成功的人多，依賴天賦的人必定失敗。

怎樣努力學習寫作

一個人的成就既然是在於努力，那麼對於作文要怎樣努力學習呢？下面是幾個很實際的方法：

- 寫日記。日記的價值很多，練習寫文章也是它的價值之一。如果你能每天精心地記敘，每天便能寫成一篇精美的小品文。這種經常的練習，一面可以體會實際的人生，一面可以鍛鍊寫作的技巧，很有幫助。
- 辦壁報。集體的生活表現，既有趣，又有益。集合志趣相同的朋友，辦理一份手抄的刊物，彼此磨礪，互相觀摩批評，可以給你一些鼓勵。
- 投稿。抱著勇敢的心，向報紙雜誌投稿，一旦你的文章被印刷出來，你的快樂是不能形容的。這樣可以使你更起勁地寫作，並且使你走上真正的寫作之路。
- 翻譯。在學生時期，學習翻譯，對於作文的修辭造句、表現的技巧很有裨益。不妨把你所讀的英文故事作為翻譯的材料。嘗試下，試試看是一切成功的第一步。

第十六章　掌握精進訣竅

精益求精

　　練習寫作要精益求精，沒有一個人的文章，能說是好到極點的。藝術的作品，可以無限地發展，你不應對自己的作品感到完全的滿意，要謙虛地學習，再學習。在學習的時候，注意以下的勸告，下面是一位頗有經驗的文人所說的：

　　要作文，除了多看生活的寫實外，還應當讀一些理論書。

　　要避免思想上的紛亂，便應讀倫理學。

　　要糾正造句上的錯誤，便應讀文法。

　　要講求用字的適當，便應讀文字學。

　　要考究文字的纖美，便應讀修辭學。

　　要探討人生的究竟，便應讀哲學。

　　要理解社會的變遷和目前社會的問題，便應讀歷史和其他社會科學。

　　要懂各種心理狀況，便應讀心理學。

　　要訓練寫作技巧，增加語彙，吸收辭藻，學習描寫，要多讀古今中外的文學作品。

第二部分　通用技巧

招引靈感的方法

姜建邦

我們寫文章常缺乏靈感,得不到新鮮的意思。為了這點,有兩種方法對於寫作是有幫助的:

第一,培養寫作的動機。首先,常和愛好文學、努力寫作的人往來談話,從這些接觸中,可以獲得寫作的靈感,使寫作的動機成熟。其次,是預備寫作的環境,把筆墨紙硯等預備齊全,給自己布置個寫作的環境。最後,是下決心「開始寫作」,這樣也許文思會不斷地湧來。尼克仲說:

> 多數人最大的困難是「開始」,工作一旦開始了,這些活動便會蜂擁而來。有許多作者,往往寫到半截就停止了,為的是孵育目的,重整工作的態度。有志從事寫作的人,應當注意自己是要咬牙壓髮做些落空的努力呢?還是養成一種能坐下就起勁專心工作的習慣?絕不可相信,前者比後者能產生更好的創作的工作。

第二,作家為了使思想更自由地呈現,有許多招引靈感的方法。這些也可以說是文人們已經成了習慣的怪癖。茲分述如下:

刺激品是文人最常用的。李太白「斗酒百篇」,中國許多文人都在酒後文思最盛;法國的伏爾泰和巴爾札克,都藉助

於咖啡；莫泊桑藉助於以太[90]；雪萊飽飯之後，坐在火爐旁時靈感最盛；音樂家莫札特也是在飯後工作最好。

調節溫度，可以使血脈流通，增進思路，招引靈感。德國詩人席勒在創作時，喜歡把腳沒在河水裡；波舒哀[91]在冷室中寫作，必用毛皮包頭；魯展禽[92]在地上大滾之後，爬起來才有驚人的書畫。

寫作的姿勢，也影響思路，增減靈感。彌爾頓喜歡躺在床上寫詩；馬克‧吐溫也喜歡偃臥[93]；英國作家法勒[94]一生的著作，都是站著寫的。據心理學專家周斯調查的結果，大半的詩人喜歡橫臥的姿勢。科學的實驗也證明偃臥可以使血液流暢，宜於思想。

作家們幾乎都有一些怪癖，但這只是文人自己的習慣，並不能證明人人如此，都有招引靈感的效力。科學家證明，只有寫作的姿勢和適當的刺激物，有助於思想的活躍，於寫作是有益的。

---

[90] 以太：一種假想的物質。
[91] 即雅克-貝尼涅‧博須埃（Jacques-Bénigne Bossuet）。
[92] 魯展禽：即柳下惠，姬姓，展氏，名獲，字季禽。中國古代思想家、政治家、教育家。
[93] 偃臥：仰臥。
[94] 即佛雷德利‧法拉爾（Frederic William Farrar）。

電子書購買

爽讀 APP

國家圖書館出版品預行編目資料

給青少年的 16 堂大師寫作課：避免拗口、注意分段、適當比喻、邏輯通順⋯⋯根除寫作的弊病，方能創作一篇好文章！/ 樂律大語文 著. -- 第一版. -- 臺北市：崧燁文化事業有限公司，2024.09
面； 公分
POD 版
ISBN 978-626-394-729-0(平裝)
1.CST: 寫作法 2.CST: 閱讀指導
811.3　　113012424

給青少年的 16 堂大師寫作課：避免拗口、注意分段、適當比喻、邏輯通順⋯⋯根除寫作的弊病，方能創作一篇好文章！

臉書

作　　　者：樂律大語文
責任編輯：高惠娟
發 行 人：黃振庭
出 版 者：崧燁文化事業有限公司
發 行 者：崧燁文化事業有限公司
E - m a i l：sonbookservice@gmail.com
粉 絲 頁：https://www.facebook.com/sonbookss/
網　　址：https://sonbook.net/
地　　址：台北市中正區重慶南路一段 61 號 8 樓
8F., No.61, Sec. 1, Chongqing S. Rd., Zhongzheng Dist., Taipei City 100, Taiwan
電　　話：(02) 2370-3310　　傳真：(02) 2388-1990
印　　刷：京峯數位服務有限公司
律師顧問：廣華律師事務所 張珮琦律師

-版權聲明-
本書版權為樂律文化所有授權崧燁文化事業有限公司獨家發行電子書及紙本書。若有其他相關權利及授權需求請與本公司聯繫。
未經書面許可，不得複製、發行。

定　　價：299 元
發行日期：2024 年 09 月第一版
◎本書以 POD 印製

Design Assets from Freepik.com